勝佐備＜かちさび＞

新釈古事記伝＜第五集＞

阿部國治・著
栗山要・編

致知出版社

勝佐備

目次

目次

はじめに

『古事記』は大和心（やまとごころ）の聖典《ひじりのふみ》であって、また、大和心は人の心の中で最も純《きよ》らかな心で、『古事記』はこの大和心の有り様を示しております。

人の創る家、村、国の中で、最も純らかなのは、神の道にしたがって、神の道の現われとして、人の創る家、村、国であります。『古事記』はこの神の有り様と、神の家、村、国の姿と形を示している聖典であります。

これほど貴い内容を持つ『古事記』が、現代においては、子どもたちが興味を持つに過ぎないお伽噺《とぎばなし》として留まっているのは、間違いも甚《はなは》だしいと言わなければなりません。

こんな有り様ですから、『古事記』の正しい姿を明らかにすることは、いつの世においても大切ですが、現代の日本においては、殊《こと》のほか大切なことであります。

このような気持ちで『古事記』に立ち向かい、『古事記』を取り扱っておりますが、これは筧克彦《かけいかつひこ》先生(元東京帝国大学法学部教授)のお導きによって、魂の存在に目を見開かせていただき、『古事記』の真の姿に触れさせていただいて以来のことであります。

こうして『古事記』を読ませていただきながら、『古事記』を生み出した祖先の魂と相対して、その心の動きを感じ、祖先の創り固めた家、村、国の命に触れて、あるときには泣き、あるときには喜び、日常生活の指導原理の全てを『古事記』からいただいております。

実に『古事記』というのは、汲《く》んでも汲んでも汲みきれない魂の泉と言ってもいいと思います。

昭和十六年六月

阿部國治

おことわり

この本をお読みくださるについて、予《あらかじ》め知っておいていただきたいことを申しあげます。

まず、各章の配列について申しあげます。

1、《あめのやすのかは》とか《みこのりわけ》とかいうような題目は、何か題目があったほうがよかろうというので、仮につけた題目であります。この題目でなければならぬというものでも、この題目がいちばんよろしいというものでもないのであります。

2、『古事記』の原典として、漢文で出ておりますのは、元明《げんめい》天皇の和《わ》銅《どう》五年に出来たところの〝かたち〟であります。稗田阿禮《ひえだのあれ》の諳誦《あんしょう》して伝えておったものを、太安萬侶《おおのやすまろ》がこのようなかたちで、漢文字にうつしたものであります。『古事記』のいちばんの原典は大和民族の〃やまとこころ〃そのものでありましょうが、文字に現わしたいちばんもとの〃かたち〃がこれであります。

3、《書き下し文》とあるところについて申しあげます。

『古事記』の原典として、漢文の〃かたち〃で伝わっていたものが、国民に読むことができなくなってしまっていたものを、水戸光圀《みとみつくに》公が嘆《なげ》かれて、近代の国学の初めを起こされ、本居宣長《もとおりのりなが》先生にいたって、初めて全体を読むことを完成されたのであります。

古来、伝わっておったのは『漢文』の〃かたち〃であって、これに古（いにしえ）の訓（よみかた）と思われる読み方をつけたものに『古訓古事記』というものがあって、これを書き下したものが《書き下し文》であります。

ここに引用したものは、岩波書店発行の岩波文庫本ですから、それを参考にしてくださることを希望いたします。

4、《まえがき》とあるところは、お読みくだされぱおわかりのように、一段落を書き出すについてのご挨拶のようなものであります。

5、《本文》となっているところは『古事記』の原典と『古訓古事記』とを御魂鎮《みたましず》めして、心読、体読、苦読して〃何ものか〃を掴《つか》んだ上で、その〃何ものか〃を、なるべくわかりやすく、現代文に書き綴《つづ》ったものであります。

したがって、書物としては、ここが各章の眼目となるところであります。まず、ここのところを熟読玩味《じゅくどくがんみ》してくださったうえで『古訓古事記』から『古事記』の原典まで、照らし合わせて、ご研究していただきたいのであります。

6、《あとがき》とあるところは、お読みくだされぱおわかりになると思いますが『古事記』のその段落を読ませていただき、平生《へいぜい》いろいろと教え導いていただいておりますので、心の中に浮かぶことをそのまま書き著しましたので、参考にしていただければ幸いでありま
す。

阿部國治

第五章　あめのやすのかは

原文

故爾各中置天安河而、宇気布時

書き下し文

故《かれ》ここに各天《あめ》の安《やす》の河《かは》を中に置きて誓《うけ》ふ時に

まえがき

《あめのやすのかは》は、漢字で書くと天安河で、高天原《たかまのはら》にあって、この河を間に挾《はさ》んで、天照大御神《あまてらすおおみかみ》と建速須佐之男命《たけはやすさのおのみこと》が〈みこうみ〉の一大事をなさったところで、また、天照大御神が天岩屋戸《あまのいわやと》にお隠《こも》りになったときには、八百万神《やおよろずのかみ》が神集い、神謀《はか》りをなさったところでもあります。

この二つの大事が行われたのが天安河であったように、この河は高天原にあって一大事が行われる場所であり、言い換えれば、本当の仕事を行うときには、どうしても天安河を見つけ、その中に入って禊《みそぎ》をしなければならないのであります。

このように、天安河は高天原にありますが、よく考えてみますと、実は現《うつ》し国にも安河はありまして、この安河の見えない人には、本当の仕事、

〈結び〉はできないのであります。

本文

□安河の大本

《うけひ》をなさって、本格的な一大事を行うことになった天照大御神《あまてらすおおみかみ》と須佐之男命《すさのおのみこと》は

「いざ！　いざ！」

と集中して、無心の状態にお入りになりましたが、これ以上の御魂鎮《みたましず》め、御魂振《みたまぶ》りはありません。

やがて、天照大御神の姿は〈ひかり〉だけになりました。須佐之男命の姿も〈ひかり〉だけになりました。そこには一つの大きな〈ひかり〉の流れが見えるだけで、この有り様がしばらく続きました。

しばらくして、天照大御神が姿をお現わしになり

「須佐之男命よ、《うけひ》の第一段階をおすませになったら姿を現わしなさい」

と仰せになりました。

この言葉に応えて、須佐之男命は姿をお現わしになり、ご両神の間で、次のような問答が交されました。

「須佐之男命よ、《うけひ》をなさったとき、あなたにどんなことが起こりましたか」

「天照大御神様、先《ま》ず無色透明な〈ひかり〉の流れが見えました。あまりに見事な流れだったので見惚《と》れていたところ、自分自身がその流れと一つになっておりました。あの見事な〈ひかり〉の流れは、いったい何というものですか」

天照大御神はお喜びになって仰せになりました。

「《あめのやすのかは》と言います。あなたも《まいのぼり》をして《うけひ》をして、《あめのやすのかは》が見えるようになったのです。この安河がはっきり見えるようにならなければ、本当の仕事、〈結び〉の仕事はできません。このような流れが、現《うつ》し国におられたときのあなたに見えたことがありますか」

「現し国では、このような流れの河は見えませんでした。このような見事な河は初めて見ました」

ここで、天照大御神は須佐之男命にお教えになりました。

「須佐之男命よ、いまあなたがご覧になったのは《あめのやすのかは》ですが、これに対して、現し国には〈つちのやすのかは〉あるいは〈くにのやすのかは〉というべき安河があって、あなたもお分かりになったとおり、安河は〝命の河〟〝光の河〟でもあって、これは《まいのぼり》をして、《うけひ》をしないと見えません。

あなたが現し国でお創《つく》りにならなければならない、村にも、家にも、あなた自身にも、みんな安河のあることがお分かりになったと思います。

これまでのあなたには、このような国や村や家の安河がはっきり見えなかったために、何をしてよいか見当がつかないで《なきいさち》をなさっていたのです。《あめのやすのかは》を見ることができたからには心配ありません。国創りの尊さも、それに必要な開拓の尊さも、お分かりになったはずですから」

天照大御神のお話をお聞きになっていた須佐之男命は

「本当にそのとおりでした。私が《なきいさち》をやっていた頃の有り様を顧《かえり》みますと、その時々の自分の中に渦巻く欲望、あるいは、下界からくる表面的な刺戟《しげき》だけしか見えませんでした。

今になって反省してみますと、国のいのち、村のいのち、家のいのち、自分のいのち等がはっきり見えます。お姉上の仰せのように、これが安河であって、これらの安河を創り出すのが、私の仕事であったことがはっきり解《わか》りました。《あめのやすのかは》という安河の大本が解ったのですから嬉しゅうございます」

と仰せになりました。

□ 無限の活動力

天照大御神は再び須佐之男命に向かって

「須佐之男命よ、もう一つ、お訊《たず》ねしますが、あなたが《あめのやすのかは》の中に入っていたときは、どんな気持ちがしましたか。それを、はっきり反省してみて下さい」
と仰せになりました。
この問いに対して、須佐之男命は
「《あめのやすのかは》と一つになっているときは、喜びも悲しみもない平《たい》らかな安らかな気持ちでした。これほど落ちついた気持ち、これほど安心な気持ちを味わったことは未だありません。絶対安心の境地とでもいうものでした」
とお答えになりました。
これをお聞きになった天照大御神は
「そのとおりです。《あめのやすのかは》は、それを認めて、それと一つになれば、絶対安心の境地に入ることのできる〝かは〟です。しかし、須佐之男命よ、あなたの言う〈絶対安心の境地〉というのは、そのまま何もしないでおりたいような安心でしたか。ただの平らかな気持ち、安らかな気持ちでしたか」

とお問いになりました。

須佐之男命はじっとお考えになって

「お姉上、よく仰せくださいました。《あめのやすのかは》と一つになった気持ちは、ただの安心ではありませんでした。何とも言えない平らかな安らかな気持ちですが、その中から大いに働きたいという底知れぬ強い力が溢《あふ》れ出てきました。決してただの絶対安心の境地ではなく、無限の活力の漲《みなぎ》った安心です」

とお答えになりました。

これを聞かれた天照大御神は

「私もあなたと同じように《あめのやすのかは》と一つになっておりまし

た。そこでもう一つ、はっきりさせていただきたいのは、このような気持ちを起こすことのできる《あめのやすのかは》はいったい何かということを、はっきりと確かめて下さい」

と仰せになりました。

これに対して須佐之男命は

「《あめのやすのかは》は、天之御中主神《あめのみなかぬしのかみ》の見聞きすることのできないお姿であり、同時に、高御産巣日神《たかみむすびのかみ》、神御産巣日神《かみむすびのかみ》の見聞きすることのできないお姿だと思います。さらにまた、宇麻志阿斯訶備比古遅神《うましあしかびひこじのかみ》の見聞きすることのできないお姿だと思います。

したがって、私が《あめのやすのかは》の中に入って一つになることができたのは、天之御中主神のおひかりによると思います。大いに働きたくなったのは、高御産巣日神、神御産巣日神のおひかりによると思います。また、このように活動がしたいのに、その一方で〈これでよし〉という安心の気持ちが湧き出るのは、宇麻志阿斯訶備比古遅神《うましあしかびひこじのかみ》のおひかりによると思います。また、このようにして《あめのやすのかは》の中で一つになっているときの私の姿は、天之常立神《あめのとこたちのかみ》のおひかりそのものと一つになっているのだと思います」

とお答えになりました。

このお答えをお聞きになった天照大御神は

「よく解りましたね。あなたの中に〝い〟としてあるところのもので、私の中に〝ひ〟としてあるところのものが、実は《あめのやすのかは》の中のひかりだったのです。したがって《あめのやすのかは》は〈いのちのかは〉であり「ひのかは」なのです。これも、あなたにははっきり解っていることなのです。

須佐之男命よ、これで一大事をするのに必要な《あめのやすのかは》をはっきり確かめることができました。いざこれから〈伊邪那岐神《いざなぎのかみ》・伊邪那《いざな》美神《みのかみ》〉のおひかりをいただいて、この《あめのやすのかは》と一つになって、一大事を実行することにいたしましょう」
と仰せになったのであります。

あとがき

□ 安河との合一

《あめのやすのかは》は〈みこうみ〉の一大事をなさった場所ですが、この教えは、私どもの現実生活においても、大いに味わうべきことであると思います。

天照大御神《あまてらすおおみかみ》と須佐之男命《すさのおのみこと》が《うけひ》をなさったとき、そこに現われたのは《あめのやすのかは》ですけれども、われわれが現実生活において《うけひ》をすると、必ずそこに現し国の安河が見えなければならないのであります。

《うけひ》というのは〝ひ〟を受けて絶対の信仰に入ることですが、信仰に入ると、そこに見えるものは本質でなければなりません。

そこで、私どもが《うけひ》をしますと、人の人たるゆえん、つまり、〝みこと〟としての本質が見え、村人としては村の〝いのち〟が見え、家族としては、家の〝いのち〟が見え、国民としては、国の〝いのち〟が見えるのであります。

この場合の、みこと（人）、村、家、国は、みんな一つの安河で、これらの安河と合一することなしには、私たちは本当の仕事はできません。また、これらの安河の見えない人は、信仰に入った人、つまり《うけひ》をした人とは言えないのであります。

家人としては、家のいのちを見つめて、それに己を捧げるところに、安心・安住ができ、働くことが楽しくなり、村人としても同様であり、国民としても同様です。

祖先から子孫に伝わる家のいのち、つまり、家という安河に安住《あんじゅう》しない夫婦のうえには、本当の繁栄はありません。

国という安河をはっきり認めて、それに己を捧《ささ》げることのできない政治家は、本当の政治家ではなくて、擬《まが》い物の政治家であります。町とか村という安河の存在を知らない者は、町村長や町村会議員になる資格はないはずであります。

要するに、安河を認めていない人たちの仕事は、それ自体が本当の仕事でないとともに、自分の心のうちにも、絶対の自信とか安心はないはずであります。

《うけひ》をして仕事をする場所が安河ですが、この言葉が示している事柄にも深い味わいがあると思います。

安河の〝かは〟は、漢字を充《あ》てれば〝川〟か〝河〟でしょう。この川を眺めてみますと、川の水は流れて止《や》まず、同じ水が一《ひと》ところに止まることはありませんが、川そのものは決して流れません。つまり、川は動く極《きょく》致《ち》と動かぬ極致が一つになった姿を現わしていて、これが家や村や国などのいのちを〝かは〟と言っている所以《ゆえん》であります。

それから安河の〝やす〟という言葉は〈平らけく安らけく〉の〝やす〟であり、〈休む〉の〝やす〟であり、〈寝《や》む〉の〝やす〟であります。

家を離れて、しばらくしてその家に帰ってみれば、家がどんなに安らかなところであるかわかります。村を離れて、しばらくして生まれ故郷の村に帰ってみれば、村がどんなに心を安らかにしてくれるところかわかります。日本を離れて外国に旅行してみれば、日本という国がどんなに心を安らかにしてくれるところであるかわかります。

このように考えますと、家や村や国というのは確かな安河であって、私たちはこれらと一つ心にならなければ、決して平らかにも安らかにもなり得ないのであります。

それじゃ、これらの安河に帰一《きいつ》して一つ心になってしまうと、何もすることが無くなるのかというと、決してそうではありません。いよいよ家のため、村のため、国のために、家、村、国を背負って仕事をしないではおられなくなるのであります。

自らは流れない川が、水を見れば常に流れて止まないように、私どもの心は家や村や国と一つになればなるほど、家や村や国のことが心配になって、仕事をしないではおられなくなるのであります。

この点から言うと、安河の〝やす〟という言葉には、進出という意味が入っており、これを文字で現わすと〝弥進〟もしくは〝弥為〟ということになろうかと思います。

安河と一つになると、大きなものに抱かれたような安らかな気持ちが得られると共に、これでよしというはっきりした行い（行動）が、その中から生まれてきます。

ある時代の娘たちは、家という安河のために身売りさえいたしました。また、佐倉惣五郎《さくらそうごろう》という人は、安んじて一族の生命を村という安河に捧げる行動に出ております。楠木正成《くすのきまさしげ》の一族は挙げて日本国という安河に安んじて命を捧げる戦いをしております。

あるいは、靖國《やすくに》神社の御祭神になっている人々も、同様なことを明治維新以後になさったのであります。〈やすくにのおおみかみ〉とは、日本国という安河と一つになって、日本国の生命を安らかにするために、己の生命を捧げて下さった方という意味であって、このことは同時に、日本国をますます発展させ、栄えさせることになったのであります。

したがって、靖國の〝やす〟は、日本国を安泰《あんたい》に導く意味の〝やす〟であり、日本国をいよいよ栄えさせる意味の〝弥進〟でもあります。平らかな安らかな気持ちは、私どもの求めて止まぬもので、これでよしという仕事ができればこの上ないのであります。

そして、これらのものを求めるためには、われわれはぜひとも《あめのやすのかは》の見える人になって、現し国の安河と一つにならなければならないと思うのであります。

□普遍的な存在

さて《あめのやすのかは》は、目に見えなくて、耳に聞くこともできませんが、確実に存在するもので、われわれ人間が地球上のあらゆるものと仲よく仕事をしていくためには、どうしてもこの《あめのやすのかは》と一つにならなければならないのであります。

《あめのやすのかは》は、世の中のありとしあらゆるものが、正しい行いをしようと思い、正しい関係に入ろうとする場合には、どうしてもその中に入って、一つにならなければならない〝かは〟であります。《あめのやすのかは》に入って、そこで禊《みそぎ》をして、初めてお互いにする仕事が本物になりうるのであります。

このような《あめのやすのかは》は、宗教的に言うなら信仰の道でありましょう。天道、人道というような言葉で現わそうとしているのも《あめのやすのかは》に近いと思います。

また《あめのやすのかは》は普遍的な存在であって、日本の《あめのやすのかは》、アメリカの《あめのやすのかは》、中国の《あめのやすのかは》などというものはありません。同時に、人間の《あめのやすのかは》、植物の《あめのやすのかは》などというものもなくて、ただ一つの《あめのやすのかは》であります。

日本国の問題にしても、本当に問題解決の道筋を探ろうとするならば、その基礎になっている安河、つまり、その問題を背負っているものの〈いのち〉をはっきりと確かめて、その〈いのち〉と一つになるところから始めなければなりません。

明治維新のことを考えてみますと、当時の日本の国力は物質的に弱いものでした。そしてまた、国際情勢も複雑で危険な状態でしたが、あの頃の日本国の各方面には、日本国という安河を背負った人々がたくさんおりました。

英、米、佛、露、その他、外国から日本に来た人たちの中には、大使、公使、将軍などがおりましたが、これらの人たちは、いやでもこの働いている安河を認めないわけにはいかなかったのであります。

ところが、この激しく動いている日本国という安河を見ているうちに、その安河が《あめのやすのかは》をそのまま現わしているものであることに気付いたのであります。

どんな人の中にも《あめのやすのかは》の〈ひかり〉はありますから、当時、日本に来ておった外国人の中の誰か一人が、日本という安河の中から《あめのやすのかは》の〈ひかり〉を見付けたのでしょうが、それがだんだん大部分の外国人にはっきりと解り、それが各本国に伝わって、欧米各国の日本国是認《ぜにん》の事実となって現われたのであります。

そして、この《あめのやすのかは》の表現としての安河は、別の言葉で現わすと、日本国の〝国体〟であって、このことが外国人に解ったということであります。

そこではじめて、あの明治維新という難局の中を泰然《たいぜん》として切り抜けることができたのでして、それればかりではなくて、当時の各国にしてみれば、日本国に難局を切り抜けさせることが喜びでありました。

このようなことを考えるにつけても、現代の日本の内外の情勢を見て、日本人は《まいのぼり》から《うけひ》を、そしてしっかりと《あめのやすのかは》を体認《たいにん》しなければならないと思うのであります。

第六章　あめのまなゐ

原文

天照大御神、先乞度建速須佐之男命所佩十拳劒、打折三段而、奴那登母母由良爾、振滌天之眞名井而、佐賀美邇迦美而

書き下し文

天照大御神《あまてらすおおみかみ》、まづ建速須佐之男命《たけはやすさのおのみこと》の佩《は》ける十拳劒《とつかつるぎ》を乞《こ》い渡して、三段《みきた》に打ち折りて、瓊音《ぬなと》ももゆらに、天《あめ》の真名井《まなゐ》に振り滌《すす》ぎて、さ噛《が》みに噛《か》みて

まえがき

《あめのまなゐ》は『古事記』の本文には、漢文字で《天之眞名井》と書いてあります。

前回のところで、天照大御神《あまてらすおおみかみ》と須佐之男命《すさのおのみこと》が〈みこうみ〉の大事をなさるために《あめのやすのかは》を確認して、それから〈みこうみ〉の大事にお入りになったと申しましたが、《あめのまなゐ》は《あめのやすのかは》の流れの中にある美しい場所という意味であります。

《あめのまなゐ》の〝ゐ〟（井）というのは、今日で言うところの井戸の意味ではなくて、禊《みそぎ》をなさった淵《ふち》のことであります。

〈みこうみ〉の大事をするためには《あめのやすのかは》を確認して、これと一つにならなければなりませんが、《あめのやすのかは》と一つになるためには、必ず《あめのまなゐ》において一つにならなければならないのであります。

また、この《あめのまなゐ》にも、《あめのやすのかは》に対して、《くにのやすのかは》があるように《くにのまなゐ》または《つちのまなゐ》というものがあると思います。

本　文

□受持ち分担

このように《あめのやすのかは》と完全に一つになって、ありのままの姿をお確かめになったので、いよいよ〈みこうみ〉の一大事を決行なさることになりました。

そこで、天照大御神《あまてらすおおみかみ》が仰せになりました。

「いよいよ〈みこうみ〉の大事を行うことになって嬉しく思います。そこで、須佐之男命《すさのおのみこと》よ、この〈みこうみ〉は《うけひ》をして〈あかきこころ（清明心）〉になって〈むすび〉をするのですが、これは〈うけひもち（受持ち分担）〉の実現でもあります。

そこで、お訊《たず》ねしますが、あなたがお父上・伊邪那岐大御神《いざなぎのおおみかみ》から申し付けられた受持ちは何でしたか」

須佐之男命はお答えになりました。

「お父上は私に対して〈お前はこれから現《うつ》し世に行って、国家建設の基礎作りをはじめなさい。つまり、人類のために開拓の先駆者《せんくしゃ》になりなさい。そして、現し世が進歩し、人の世が繁栄《はんえい》していく工夫をしなさい〉と仰せになりました」

これをお聞きになった天照大御神は
「現在のあなたには、その受持ちが本当に無上の楽しい仕事であることがはっきりとわかっておりますね」

と仰せになりました。

須佐之男命は
「はっきりわかっておりますから、今の私は一刻も早く自分の受持ちの実現に向かって進んでいきたいと思っております」

これをお聞きになった天照大御神は、静かに仰せになりました。

「自分の受持ちの貴《とうと》さがおわかりになったら、それを早く実現したいと心がはやるのは当然のことです。ここで、あなたにもう一つ考えていただきたいことは、あなたの受持ちを実現するときに必要欠くべからざるもの、最も大切なものは何ですか。

〝ひ〟の〈ひかり〉がなければならないから《まいのぼり》して来られたのですが、その〝ひ〟の〈ひかり〉を受けて、つまり《うけひ》をしてから、あなたの受持ちとしての仕事をするときに、最も大切なものは何ですか」

須佐之男命は、じっとお考えになってから

「お姉上、それは私の手であります」

とお答えになりました。

これをお聞きになった天照大御神は

「そのとおりですね。しかし、どうして手が大切であるか、もう少し詳しく話してごらんなさい」

と仰せになりました。

須佐之男命は、じっとお考えになって、お答えになりました。

「私の受持ちは、お姉上とは違います。お姉上は、すべてのものに〈ひかり〉をお与えになって〈いのち〉の目覚めと喜びとを起こして下さることで、言い換えれば、お姉上のお仕事は〈にぎみたま（和御魂）〉の働きをなさることでありましょう。ところが、私の仕事は、それを〝もの〟や〝こと〟の上に現わすことであります。言い換えれば、私の仕事は〈あらみたま（荒御魂）〉の働きと言ってもいいのではないでしょうか」

このお答えを聞かれた天照大御神が
「そのとおりですが、もう少し詳しく話して下さい」

と仰せになったので、須佐之男命は続けてお話しになりました。

「私の仕事は人の〈いのち〉を栄えさせるために、坂を作ったり、境を作ったり、植物の花がよく咲くようにしたりして〝もの〟〝こと〟の上に、〈さき（幸、福）〉のあるようにすることであります。

現し世を〈生く国、足る国〉にして、〈生く日の、足る日の、佳《よ》き日〉にしなければならないと考えております。

お姉上の役目は、現し世を生く国にすることですが、そのお姉上のお仕事を完成するために〝もの〟〝こと〟の上に足る国にするのが、私の役目だと存じます。

そこで、私が《うけひ》をいたしましたからには、私の手足の上に、その〈ひかり〉を現わしていかなければなりません。具体的には、手を動かして田を作ることを教え、館《やかた》（家）を作ることを教えなければならないと思います。

こうして、人々に〝もの〟〝こと〟の成り立ちを知らせて、たより（手寄、頼）ある生活ができるようにしてやらなければなりません。だからこそ手が大切なのです」

□ 生太刀、殺太刀

天照大御神は、須佐之男命のお話を笑顔でお聞きになっていましたが、次のように仰せになりました。

「本当に、よくお解りになりましたね。そこで、もう一つ、お聞きしますが、あなたが腰に佩《は》いている剣《つるぎ》は、どういう性質のものですか」

この問いに、須佐之男命は次のようにお答えになりました。

「この剣の元の名は〈たち（太刀）〉と言って、手の代わりに物を断《た》ち切りますので、この名が起こりました。

初めの頃は、何かの仕事をするとき、総《すべ》て手でしておりましたが、なかなか仕事が捗《はかど》りませんし、肝心の手を傷めることもありましたので、いろいろ工夫を凝《こ》らして、金属性の剣を使うようになりました。形も当初は簡単なものでしたが、工夫に工夫を重ねまして、遂《つい》には剣のほかに弓矢のようなものもできました」

須佐之男命のご説明をお聞きになっていた天照大御神は

「さきほどあなたは、自分の受持ちを実現するためには〝手〟が大切だと言われましたが、腰に佩かれた剣は、あなたの手と同じものだと考えてよろしいのですね」

と仰せになりました。

この問いに、須佐之男命が

「私の受持ちを実現するためには、無くてはならぬものを表現しておりますから、私の手と考えてよいかと思います」

お答えになると、天照大御神は続けて問いかけられました。

「その剣は何というのですか」

「十拳剣《とつかのつるぎ》という名をつけております」

「それは、物事を生かす剣ですか。それとも、殺す剣ですか」

この問いに、須佐之男命は顔を輝かせてお答えになりました。

「お姉上、よくぞ仰せ下さいました。

剣は太刀であって、人の立ち所を明らかにし、田畑を作り、家を作り、素直な質《たち》（性質）の実現する役目を果たさなければならないので、この剣は〈生太刀《いくたち》〉、物事を生かす剣でなければなりません。

ところが《まいのぼり》前の私は《なきいさち》ばかりやって、自分の受持ちの貴さがわからなかったために、私の手も足も目も口も、物事を生かす仕事をせずに、破壊ばかりやっておりました。

それで、私の手足の代わりに使っていたこの剣は〈生太刀《いくたち》〉ではなくて〈殺太刀《さつたち》〉でありました。名前も十拳剣ではなくて八拳剣《やつかのつるぎ》という本当の名前でなければなりませんでした。この剣の上に起きる変化が、私自身の生まれ変わりとならなければなりません」

須佐之男命の言葉をお聞きになった天照大御神は

「これで剣についてのあなたの考え方がはっきりしました。そこであなた自身を表現する十拳剣を、私が〈生太刀〉にして差し上げましょう。〈ひかり〉そのものである私は、照らすものがなければ〈ひかり〉の役目を果たすことができません」

と仰せになりました。

それをお聞きになった、須佐之男命は

「私自身の人格を現わすこの剣を、どうか〈生太刀〉にしていただきとうございます」

と仰せになりました。

そこで、天照大御神は、須佐之男命がお佩きになっていた十拳剣をお受取りになり《あめのやすのかは》の中にお入りになりました。

須佐之男命が天照大御神のなさることを、恭《うやうや》しい気持ちで見ておいでになると、天照大御神はあちらこちらをお歩きになって、何かを探しておいでになる様子です。

そのうちに、天照大御神は立ち止まられて
「ここが《あめのやすのかは》の中にある《あめのまなゐ》です。これから、この場所で〈みこうみ〉をいたします」

と仰せになって、そのお姿も十拳剣も見えなくなりました。

しばらくして、天照大御神のお姿が現われて
「須佐之男命よ。神であるあなたにはお分かりになったでしょうが、私はいま《あめのまなゐ》で禊《みそぎ》をいたしました。そして、あなたの十拳剣も一

緒に禊をいたしました。

それから、十拳剣を三つに打ち折り、さらに粉々にいたしました。あなたの〈あかきこころ（清明心）〉のこもった太刀になっているはずの上に、私の〈ひかり〉を注いだのですから〈生太刀〉となっているはずです。さあ、これから〈生太刀〉になっているか、なっていないかを確かめますから見ておいでになりなさい」

と仰せになられたのであります。

あとがき

□名を立てる

先《ま》ず《あめのまなゐ》について申し上げます。

《あめのやすのかは》と一つになって〈あかきこころ（清明心）〉の証《あか》しをなさるのに、なぜ《あめのやすのかは》の中から《あめのまなゐ》を選び出されたのでしょうか。

〈まなゐ〉の〝まな〟は、漢字で書けば〝真名〟で、真名ということは仮名（かんな）に対して使う言葉であります。また〝ゐ〟は〝井〟もしくは〝居〟であります。仮の名に対して真の名、つまり、名の現わすものの実態が真名ということであります。

国、村、家というようなものは安河ですが、これらは漠然《ばくぜん》とこの世の中に存在いたしませんで、日本国とか大和村とか阿部家など、具体的な姿を持って存在しております。

したがって、安河と一つになろうとするなら、日本国とか大和国とか阿部家などの個別名を持っている安河の〝名〟ではなくて、その名の背負っている実態と一つにならなければならないのですが、その肝心要《かんじんかなめ》の急所が〈まなゐ（真名井）〉であります。

それは、真の名を立てることであって、決して位階勲等《いかいくんとう》を得ることが目的ではなくて、位階勲等のようなものは仮名（かんな）であります。

楠木正成《くすのきまさしげ》公の湊川《みなとがわ》での戦死や乃木希典《のぎまれすけ》大将の殉死《じゅんし》などは、日本国の〈まなゐ（真名井）〉を明らかにつかまえて、真の名、つまり、永生《えいせい》の道を得られたものと思います。

万葉の歌人として名を残している山上憶良《やまのうえのおくら》の歌に

山上臣、憶良、痾《あ》に沈める時の歌一首

士《おのこ》やも　空《むな》しかるべき　萬代《よろずよ》に
　語り続ぐべき　名は立てずして

右の一首、山上憶良臣痾に沈みし時、藤原朝民八束、河邊朝民東人をして疾《や》む所の状《さま》を問はしむ。こゝに憶良臣、報の語己に畢《おわ》り須《しばらく》ありて涕《なみだ》を拭《ぬぐ》ひ、悲しみ嘆《なげ》きて、この歌を口吟《くちずさ》めり。

とありますが、この中で憶良の言っている〃名〃というのは〃真名〃のことであって〃仮名〃のことではありません。
『万葉集』の中では、最も現代人に分かりよい歌を、たくさん遺している憶良の歌ですから、普通は
「有名になることをしないで死ぬのが残念だ」
というくらいの意味に解釈しやすいのですが、憶良といえども万葉の歌

人であって、決して現代人のように〝名〟ということを簡単には考えておりません。

□真名娘と師

現代に〈まなむすめ〉〈まなご〉という言葉がありますが、この意味について味わってみましょう。

〈まなむすめ〉は、漢字で現わせば、真名娘、真汝娘、愛娘と書きますが、親子の関係、もしくは家の関係を一つの安河として見ると、子や娘は真名井であります。

親が本当の仕事をしていくときには、子の中に安河を見ないでは〈いのち〉という《あめのやすのかは》も、家という《くにのやすのかは》も見えるものではありません。

親から見た子の真の姿、つまり、真の名は太郎でも花子でもなくて、実に完全な安河そのものであります。子の現わす〈みこと〉の姿を個々の子に見たときに、それは《あめのやすのかは》の《あめのまなゐ》であり、《くにのやすのかは》の《くにのまなゐ》でもあって、〈まなむすめ〉〈まなご〉とは、まことに味わいの深い言葉であります。

それから、剣道とか、茶道とか、絵画とかいうものも、一つの安河で、この安河に参じようとするならば、必ずその道の師について学ばなければならなくて、書物を読んだだけではだめであります。

しかし、この場合の〝師〟は真名井ですから、師につく場合には、その師が背負っている安河それ自体、つまり、真の名に参じることが大事で、その師の仮名、例えば、地位とか世間的な名声というものに参じたのではだめであります。

師としてもまた、自ら真名井たることを自覚して、道のために弟子を真名井の真っ只中《ただなか》に投げ込まなければなりません。道の上の師弟であるならば、道の上の〈むすび〉をしなければなりませんから、そうなると思うのであります。

信仰の上から申しますと、神社や教会や寺院は一種の真名井であって、祈りのない信仰はありませんから、信仰があれば必ず祈りの場所が生まれてくるのであります。

この場合に注意しなければならないことは、神社や教会や寺院の持つところの外形、つまり、仮名に参ぜず、その真名井としての存在に直参《じきさん》することが大切で、これらの持つ信仰の〈ひかり〉に触れることを忘れてはならぬと思います。

それから

「《あめのやすのかは》の存在は、必ず《あめのまなゐ》においてのみ確認される」

という、この教えは味わうべきことでありますし
「〈みこうみ〉は、必ず《あめのまなゐ》においてのみなし得る」

という教えも、まことに味わうべきことであります。

特に現代人のように、いたずらに名を立て、何の学問、何の学理というようなことをしている時には、その学問・学理に合わせて仕事をする癖《くせ》のついている時代には、特に味わうべき教えであると思います。

今の世の中は、真名のあるところ、つまり、ものの実態を相手にしないで、実態のない仮名を相手にして、仮名の形さえ整えば、それで仕事になったような風潮《ふうちょう》があるのではないかと思います。

調査や計画案や報告書の上では、立派に解決されたはずの仕事が、少しも解決されていないのは、安河の確認が確かでない上に、安河を確認するのに必要な真名井に参加していないからではないかと思われます。

第七章　いふき

原文

於吹棄気吹之狭霧所成神御名、多紀理毘賣命。亦御名、謂奥津嶋比賣命。次市寸嶋比賣命。亦御名、謂狭依毘賣命。次多岐都比賣命。

書き下し文

吹き棄《す》つる気吹《いぶき》の狭霧《さぎり》に成れる神の御名は、多紀理毘賣命《たきりびめのみこと》。亦《また》の御名は奥津嶋比賣命《おくつしまひめのみこと》と謂ふ。次に市寸嶋比賣命《いちきしまひめのみこと》。亦の御名は、狭依毘賣命《さよりびめのみこと》と謂《い》ふ。次に多岐都比賣命《たきつひめのみこと》。

まえがき

《いふき》は、『古事記』の本文には〝気吹〟とあり『日本書紀』には〝気噴〟とあります。また『万葉集』には〝伊吹〟という文字が使ってあります。あるいは〝いぶき〟と濁《にご》って読んだり〝いふき〟と澄《す》んで読んだりしており、どちらでも差し支えないと思いますが、〝いふき〟と言うほうが元の意味をよく現わしていると思います。

《いふき》という言葉の意味は、〝い〟を〝ふく〟ことであって、この場合の〝い〟は、〝ひ〟もしくは〝み〟という言葉によって現わしているところの意味深い〝い〟であります。

また〝ふく〟ということは、広く申しますと、発動、活動、創造、生成というような意味で、仮に漢字で説明しておきますが、このことについては、後で詳しく述べることにいたします。

とにかく《いふき》ということは〝い〟の発動というか、活動、創造、生成というような意味であります。

本　文

□ひかりの太刀

須佐之男命《すさのおのみこと》は、天照大御神《あまてらすおおみかみ》のお顔を見守りながら、じっと、そのお言葉を聞いておいでになりました。

天照大御神のお姿が光り輝いたと思うと、晴れやかな瓊《たま》の音が響きわたり、天照大御神が吹き出された美しい霧のような息の中から、神さまが現われました。この神さまの御名は多紀理毘賣命《たきりびめのみこと》と申し上げますが、別に奥津嶋比賣命《おくつしまひめのみこと》とも申しあげます。

しばらくすると、また続いて神さまがお現われになり、御名は市寸嶋比賣命《いちきしまひめのみこと》と申し上げ、この神さまも別にもう一つの御名を持っておられ、狭依毘賣命《さよりびめのみこと》と申し上げます。

次にまたしばらくすると、天照大御神が吹き出された美しい霧のような息の中から神さまがお現われになり、この神さまの名は多岐都比賣命《たぎつひめのみこと》と申し上げます。

このようにして、天照大御神が須佐之男命がお持ちになっていた十拳《とつかの》剣《つるぎ》を材料となさって〈いふき〉をなさったところ、三柱《はしら》の毘賣神《ひめがみ》がお現われになりました。そこで、天照大御神は〈いふき〉をお止めになられ、御魂鎮《みたましず》めの姿からお覚めになって、天安河の天之真名井《あめのまなゐ》からお出ましになられました。

そして、天照大御神は静かに仰《おお》せになりました。

「須佐之男命よ、これで私の受持ちは一段落しました。あなたがお持ちになっている十拳剣を生太刀《いくたち》にしてお目にかけました。〃もの〃と〃こと〃の破壊を性質とした太刀が、私の〈いふき〉によって、生太刀となって三柱の毘賣御子《ひめみこ》が現われました。

これによって、私の〈ひかり〉があなたの受持ちの本質を現わす太刀の中に〝み〟を結びました。これから、あなたがなさる行いは全てのものを生かすことになりましょう。

さあ、あなたの十拳剣を、立派な八拳剣《やつかのつるぎ》の生太刀としてお返しします。しっかりとこの太刀を身におつけなさい」

須佐之男命は、このお言葉に対して
「天照大御神さま、まことに嬉しい限りであります。お姉上の〈ひかり〉をいただいて、私の十拳剣が生太刀になりましたことを、ただいまの〈いふき〉によって現わしていただきました。まことに見事な〈みこうみ〉でございました」

と、お答えになりました。

こうして、須佐之男命は、生太刀という無形のひかりの太刀を、しっかりとご自身のものとなさいました。

□《なきいさち》の反省

さて、須佐之男命が多紀理毘賣命のお姿をご覧になると、さまざまに瀬の姿を現わして流れる大小の河川の麗《うるわ》しさが、いまさらのようにはっきりとわかりまして、《まいのぼり》前に《なきいさち》をやっておった際には

「川などが何の役に立つのか」

と言って、不平不満の材料にしたことが、いまさらのように思い出されました。

多紀理毘賣命のお姿をご覧になっているうちに、荒漠《こうばく》とした土地の上を川の瀬が波立つように流れていた風景を思い出されたことかと存じます。

また、多紀理毘賣命の別名がお示しになっているように、大海原の沖《おき》にある嶋《しま》の貴さが理解でき、山深くの奥地にある土地の貴さも理解することがお出来になったと思います。

次に市寸嶋比賣命のお姿をご覧になると、すべて国土（古語の〝しま〟で、現代の〝島〟という意味ではありません）の良さがはっきりわかりました。国土の開拓を自己の使命（受持ち）としながら、その国土の麗しさが解らなかった自己の姿を、須佐之男命は今更のようにご反省になりました。

さらにまた、市寸嶋比賣命のお姿をご覧になっていると、別名の狭依毘賣命という御名が示すように、国土だけではなくて、如何《いか》なるものも麗しくあらしめようという心が起こってまいります。須佐之男命は、この狭依毘賣命のお姿をご覧になって、鳥、獣、草花にまで乱暴をなさった自分の《なきいさち》の時代をご反省になりました。

次に多岐都比賣命のお姿をご覧になると、すべて物事が変化していくなかに、麗しさも進化も繁栄もあるということが、お解りになったのであります。

このようにして、須佐之男命は《なきいさち》によって手に触れ足に触れる限り、不平の材料にして、萬《よろず》の災いを引き起こし、すさび荒れておった頃に比べてみると、何という大きな変化が起こったかとお思いになって喜びに満たされました。

あとがき

□〝ふく〟という言葉

まず〈いふき〉について申し上げます。

〈いふき〉というのは〝い〟を〝ふく〟ことで、〝い〟というのは、先にも説明しましたが〝ひ〟〝み〟〝い〟などの〝い〟であって、これについてはお解りだと思いますので、ここでは〝ふく〟という言葉の意味についてて申し上げます。

この〝ふく〟という言葉には〈風が吹く〉〈息を吹く〉というような意味がありますが、その他にも〈火山が火を噴く〉〈木が芽を吹く〉というような意味もありますし、また〈鍋を拭く〉〈ガラスを拭く〉というような意味もあります。

このように〝ふく〟という言葉にはいろいろの意味がありますが、これを漢語で書き現わしますと、生成、創造、発動、活動というような意味になるかと思います。

したがって〝ふく〟という言葉は〈むすび（産霊）〉の〝むす〟という言葉と、よく似た意味を持っておりまして〈いふき〉という言葉全体としても〈むすび〉という言葉とよく似ております。

□〈いふき〉

次に〈いふき〉の教えについて味わうことにいたします。

須佐之男命は《まいのぼり》をなさいまして、天照大御神の〝ひ〟の〈ひかり〉に触れ、それから〈いふき〉をなさいますと《まいのぼり》の前とは全く違ったものの見方が現われました。

形の上から申しますと、同じ剣《つるぎ》であるのに、殺人剣（十拳剣《とつかのつるぎ》）から活人剣（八拳剣《やつかのつるぎ》）に変わっております。以前には無価値のように見えた山川、草木、国土、鳥獣などの中に、絶対価値を見い出すようになって、これが〈いふき〉の効果であります。

このことは、私どもが自己と他人、あるいは、物事の真の価値を知ろうとするならば、必ず《まいのぼり》をして《うけひ》をしなければならないと教えられているのであります。

言い換えれば《まいのぼり》をして《あめのやすのかは》の《あめのま

なゐ》で《うけひ》をすると、私どものあらゆる行為が、全て〈いふき〉になるということであります。

現実に生きている私たちは、さまざまな行いをいたしますが、その行いを正しく意義あるものにするためには、どうしても〈いふき〉ができるようにならなければならないのであります。

ところが、私どもの行いの多くは〈いふき〉ではなくて、殺気や毒気を吹く場合が多いのでして、例えば、怒りのような表面的に荒々しい行いでも、〝い〟が動き出したことによる〈いかり（い駆り）〉ならいいのですが〝い〟を失った怒りが多いのではないでしょうか。

さりげなく言い放った言葉によって他人の心を悲しめたり、うっかりした行動によって、人や物の命を縮めているようなことが多いのではないかと思うのであります。

□永遠の女性

さて、須佐之男命がお持ちになっている十拳剣は、あらゆる技術の象徴、物質文明の象徴であって、言い換えれば、手や足の延長と考えてよい文物は十拳剣と考えてよいと思うのであります。

そして、このような物質文明は、今後ますます進歩するでしょうし、また、進歩させなければなりませんが、これによって人類が幸福になろうとするならば、どうしても、これらの技術を使いこなす力が必要で、この使いこなす力が〝い〟であり〝ひ〟であります。

須佐之男命がお持ちになっていた十拳剣は、天照大御神《あまてらすおおみかみ》の〈いふき〉によって、三柱の毘賣神《ひめがみ》となって現われましたけれども、毘賣神というのは〈いのち〉の現われですから、剣が人や物を殺すものではなく〈いのち〉を守り〈いのち〉の成長や発展を助けるものになったことを示すのであります。

ご存知のように〈めでたい〉という言葉がありますが、これくらいめでたいことはないのでして、三柱の毘賣神はそろって、この世にあるところの喜ばしさ、めでたさをお示しになる神さまであります。

この〈めでたい〉という言葉の意味を考えますと

「芽が出た」

という感嘆《かんたん》の言葉が語源ですが、また〈めでたい〉という言葉は〝めず〟〝めぐむ〟と関連があって、〝め〟の生まれ、〝め〟の兆し、〝め〟の生い出ずることを喜ぶのが〈めでたい〉ということで、私どもの行いが、永遠の女性を示す〝め〟から喜ばれ、〝め〟がその行いの回りに集うような行いならば、それは正しい行いだと思います。

これとは逆に、私どもの行いを永遠の女性である〝め〟が見て、顔をしかめて逃げ出すようであれば、その行いは麗《うるわ》しくないのであります。

このように考えてみますと、十拳剣の中から、三柱の毘賣神がお現われになったというお諭《さと》しは味わい深いと思いますし、〈めでたい〉という言葉も、よくできたものだと感嘆させられます。

□〈いふき〉の行い

次に〈いさち〉と〈いふき〉について申し上げます。

〈いさち〉は《なきいさち》の〈いさち〉ですが、これは〝い〟が避けて去るという意味であります。

また《なきうれい》は、同じ泣き方でも〈いふき〉の源泉になる泣き方ですが、《なきいさち》はこれと逆の泣き方であります。つまり、私どもの行いは、形が同じでも、実質的な心の置き方によって〈いさち〉の働きをしたり〈いふき〉の働きをしたりいたします。

先に〈いかり（怒り）〉という言葉を例に出しましたが、〈いふき〉としての怒りは、人を諫《いさ》めて〝い（真心）〟を醒《さ》ますことによって、心を整えさせて、よい実を結びます。

これと反対に、〈いさち〉としての怒りは、人の心を悲しませて、穢《けが》れの基となるのであります。あるいは、〈いきどおり（憤り）〉という言葉を取ってみますと、これにも〈いさち〉であるところの憤りと〈いふき〉であるところの憤りがあります。

もともと〈いきどおり〉という言葉は、生き通すこと、生き透すこと、生命に徹底しきることを現わす言葉、つまり〈いふきとおす〉という意味の言葉、真心によって行うことを現わしますから、本来なら〈いきとほり〉と、濁《にご》らないで使うべき言葉であります。

ところが、現代では〈いさち〉の場合も〈いふき〉の場合も、共に濁って〈いきどおり〉と言っております。例えば、憤怒《ふんぬ》という意味に使っているときは〈いさち〉の例ですし、『論語』の中には

「憤《ふん》せずんば啓《けい》せず。悱《ひ》せずんば発《はっ》せず。一隅《いちぐう》を挙げて三隅《さんぐう》を以《もっ》て反《かえ》らざれば、則《すなわ》ち復《また》せざるなり」

という言葉がありますが、これらは〈いふき〉としての〈いきどおり〉の例であります。

この〈いかり〉や〈いきどおり〉という言葉がはっきり示しているように、形の上に〈良し〉〈悪し〉はないのでして、その形を動かしている心が〈あかきこころ（清明心）〉であるか否かが大切なのであります。〈あかきこころ（清明心）〉になるためには〈いふき〉ができるための《まいのぼり》が必要だということであります。

私ども人間は、神さまからいろいろな能力を授かっておりますが、授かったものは一つ残さず使うことが大事で、同じ使うなら〈いふき〉の行いとして使いたいと、しみじみ感じさせられます。

第八章　やさかのまがたまの
いほつのみすまるのたま

原文

速須佐之男命、乞度天照大御神所纏左御美豆良八尺勺瓊之五百津之美須麻珠而、奴那登母母良邇、振滌天之真名井而、佐賀美邇迦美而、於吹棄気吹之狭霧所成神御名、正勝吾勝勝速日天之忍穂耳命、亦乞度所纏右御美豆良之珠而、佐賀美邇迦美而、於吹棄気吹之狭霧所成神御名、天之菩卑能命。亦乞度所纏御鬘之珠而、佐賀美邇迦美而、於吹棄気吹之狭霧所成神御名、天津日子根命。亦乞度所纏左御手之珠而、佐賀美邇迦美而、於吹棄気吹之狭霧所成神御名、活津日子根命。亦乞度所纏右御手之珠而、佐賀美邇迦美而、於吹棄気吹之狭霧所成神御名、熊野久須毘命。井五柱。

書き下し文

速須佐之男命、天照大御神《あまてらすおおみかみ》の左の御角髪《みみづら》に纏《ま》かせる八尺《やさか》の勾璁《まがたま》の五百《いほ》箇《つ》の御統《みすまる》の珠《たま》を乞《こ》ひ度《わた》して、瓊音《ねなと》ももゆらに、天の真名井《まない》に振り滌《すす》ぎて、さ噛《が》みに噛《か》みて、吹き棄《う》つる気吹《いぶき》のさ霧に成れる神の御名は、正勝吾勝勝《まさかつあかつかち》速日天之忍穂耳命《はやひあめのおしほみみのみこと》。また右の御角髪《みみづら》に纏《ま》かせる珠を乞《こ》ひ度《わた》して、さ噛《が》みに噛《か》みて、吹き棄つる気吹《いぶき》のさ霧に成れる神の御名は、天之菩卑能命《あめのまひりのみこと》。また御鬘《みかづら》に纏《ま》かせる珠を乞《こ》ひ度《わた》して、さ噛《が》みに噛《か》みて、吹き棄つる気吹《いぶき》のさ霧に成れる神の御名は、天津日子根命《あまつひこねのみこと》。また左の御手に纏《ま》かせる珠を乞《こ》ひ度《わた》して、さ噛《が》みに噛《か》みて、吹き棄つる気吹《いぶき》のさ霧に成れる神の御名は、活津日子根命《いくつひこねのみこと》。また右の御手に纏《ま》かせる珠を乞《こ》ひ度《わた》して、さ噛《が》みに噛《か》みて、吹き棄つる気吹《いぶき》のさ霧に成れる神の御名は熊野久須毘命《くまのくすびのみこと》。井《あわ》せて五柱なり。

まえがき

《やさかのまがたまのいほつのみすまるのたま》は、漢文字で現わすと〈八尺勾瓊之五百津之美須麻流之珠〉で、天照大御神《あまてらすおおみかみ》の本質を現わす言葉であります。

この珠から、須佐之男命《すさのおのみこと》の〈いふき〉によって、正勝吾勝勝速日天之忍《まさかつあかつかちはやひあめのおし》穂耳命《ほみみのみこと》と申し上げる日嗣《ひつぎ》の御子《みこ》がお生まれになり、さらにこの天之忍穂《あめのおしほ》耳命《みみのみこと》から、天邇岐志国邇岐志天津日高日子番能邇邇芸命《あめにぎしくににきしあまつひこひこほのににぎのみこと》がお生まれになるのであります。

このような重大な意味を持っている珠ですから、これを、この章の題目に選びました。言葉に現わしたり書いたりしますと、言い難くもあり、書き難くもあって、定めし読み難く、解り難いと思いますが、辛抱《しんぼう》をしてお読み下さるようお願いします。

本　文

□〈みこうみ〉

さて、このようにして、ご両神は喜んでおいでになりましたが、しばらくして、須佐之男命《すさのおのみこと》が仰せになりました。

「お姉上は見事な〈みこうみ〉をなさいましたが、私もまた〈うけひ〉をいたしましたうえは〈いふき〉をして〈みこうみ〉をしなければならないと思います。

お姉上は私の十拳剣《とつかのつるぎ》を材料になさって〈みこうみ〉をなさいましたが、私はお姉上が身につけておいでになる何を材料にして〈みこうみ〉の〈いふき〉をしたらよろしゅうございますか」

天照大御神はお答えになりました。

「あなたは、あなたの受持ち実現のために欠かせない道具である太刀の真の姿を、私の〈いふき〉によって示されました。そこで、今度は私の受持ち実現のために欠かせないものを使って、あなたに〈みこうみ〉の〈いふき〉をしていただかなければなりません。

私の〈ひのかみ〉としての使命実現に欠かせないのは〝ひ〟ですが、この〝ひ〟の活動の姿を示しているのは、お父上の伊邪那岐命《いざなぎのみこと》から賜《たまわ》った〈八尺勾玉之五百津之美須麻流之珠《やさかのまがたまのいほつのみすまるのたま》〉で、この珠は、私の〈ひのかみ〉としての本質を現わしている大切なものです。この珠を材料に、あなたに〈いふき〉による〈みこうみ〉の一大事を実現していただきましょう」

この言葉をお聞きになった須佐之男命は、ご自分がこれからなさろうとすることが、どんなに重大であるかということを、ひしひしとお感じになって

「つつしんで一大事を実現いたします」

と仰せになって、天照大御神が左の御みづらに纏《ま》いておいでになった〈八尺勾玉之五百津之美須麻流之珠《やさかのまがたまのいほつのみすまるのたま》〉をお受取りになり、天安河《あめのやすのかは》の天之《あめの》真名井《まなゐ》にお入りになりました。

そして、禊《みそぎ》をなさいますと〈八尺勾玉之五百津之美須麻流之珠《やさかのまがたまのいほつのみすまるのたま》〉は晴れやかな美しい音を立てて四方に響き渡り、粉々に砕け散りましたが、それに〈いふき〉をなさいますと、その美しい霧の中から、神さまがお現われになりました。この神さまの名は正勝吾勝勝速日天之忍穂耳命《まさかつあかつかちはやひあめのおしほみみのみこと》と申し上げます。

この神さまの麗《うるわ》しさに、ご両神は

「おお！」

という歎声《たんせい》をお上げになり、首肯《うなず》き合いをなさいました。

次に、須佐之男命は天照大御神から、右の御みづらに纏いておいでになった〈八尺勾玉之五百津之美須麻流之珠《やさかのまがたまのいほつのみすまるのたま》〉をお受取りになって、天安河の天之真名井で禊をなさいました。

すると〈八尺勾玉之五百津之美須麻流之珠《やさかのまがたまのいほつのみすまるのたま》〉が、晴れやかな美しい音を立て、その音が四方に響き渡り、粉々に砕け散りましたが、それに〈いふき〉をなさいますと、その美しい霧の中から、神さまがお現われになりました。この神さまの名は天之菩卑能命《あめのほひのみこと》と申し上げます。

次に、天照大御神が御かづらにお巻きになっておられた〈八尺勾玉之《やさかのまがたまの》五百津之美須麻流之珠《いほつのみすまるのたま》〉をお受取りになって、同じように〈いふき〉をなさいますと、その美しい霧の中から神さまがお現われになり、この神さまの名は、天津日子根命《あまつひこねのみこと》と申し上げます。

次にまた、天照大御神が左の御手にお巻きになっておられた〈八尺勾《やさかのまが》玉之《たまの》五百津《いほつ》之《の》美須麻流《みすまる》之《の》珠《たま》〉をお受取りになって、同じように〈いふき〉をなさいますと、その美しい霧の中から神さまがお現われになり、この神さまの御名は、活津日子根命《いくつひこねのみこと》と申し上げます。

次にまた、天照大御神が右の御手にお巻きになっておられた〈八尺勾《やさかのまが》玉之《たまの》五百津《いほつ》之《の》美須麻流《みすまる》之《の》珠《たま》〉をお受取りになって、同じように〈いふき〉をなさいますと、その美しい霧の中から神さまがお現われになり、この神さまの御名は、熊野久須毘命《くまのくすびのみこと》と申し上げます。

あとがき

今回のところは天照大御神《あまてらすおおみかみ》の《ひつぎのみこ》（『古事記』では太子という漢字を充《あ》てている）であるところの正勝吾勝勝速日天之忍穂耳命《まさかつあかつかちはやひあめのおしほみみのみこと》がお生まれになる段階であります。

まず《やさかのまがたまのいほつのみすまるのたま》（八尺勾玉之五百津之美須麻流之珠）の言葉の意味から考えてみたいと思います。

1、〈やさか〉という言葉は、八尺などという数の意味ではなくて、八《や》百万神《およろずのかみ》、八十神《やそがみ》、八稚女《やおとめ》、八俣遠呂智《やまたのおろち》、八鹽折《やしおをり》の酒《さけ》というような言葉に出てくるところの〃八〃であります。

『古事記』で〃八〃という言葉が出てくるのは、その現わそうとするものの性質を扱う場合ですから、必ずしも〝八〟が漢字の〝弥〟に当たるとは言えませんが、漢字を当てるとしたら〝弥〟が一番よいでしょう。

2、〈やさか〉の〝さか〟は、とくに注意して味わうべき言葉で、普通〝さか〟という言葉の現わす例は

「山や丘に登り降りする道」

と言う場合の〝坂〟であります。

この漢字の〝坂〟を使って〈やさか〉という意味を現わしている例は、多数あって、山城国《やましろのくに》の官幣大社《かんぺいたいしゃ》である八坂神社その他、かなり多いようであります。

また、坂を登り下りするときには、力の不均衡の状態が起こりますので、これを〈さかう（逆、倒）〉もしくは〈さからう（逆、倒）〉と言っております。

そして〝坂〟は、山や丘に上下の力を加えることですが、これに対して平地に縦横の力を加えて進むことを、やはり〈さか〈境、界〉〉と言い、その例は神籬磐境《ひもろぎいわさか》の〝境〟で、この〈さか〉に〝ひ〟をつけて〈さかひ〈境、界〉〉と言っております。

この坂という意味の〈さか〉を作るのにも、境界という意味の〈さか〉を作るのにも、ある物体に対して力を加えることが必要で、このことを〈さく〉と言い、漢字を充てると、裂く、放く、離く、という意味になる言葉で、この〈さく〉という動詞の示す行いによって、〈さか〈坂、境、界〉〉ができるのであります。

このようにして、田と畑の中に区画をつくるところの畦《あぜ》を〈さく〉と言い、この〈さく〉を作ることを〈さくきり〉と言い、これによって、地面に大きな変化を作っている谷のことを〈さく〉〈さこ〉と言い、また〈さき〉には、岬、埼、崎という意味の言葉もあります。

以上は、物体について用いられている〈さか〉とか〈さく〉という言葉について申しましたが、さらに一歩進めて、〈さか〉とか〈さく〉という言葉の意味を考えてみることにいたします。

花の蕾《つぼみ》が開くことを〝さく〟と言うのは、ありふれた慣用ですが、この言葉には味わうべき意味があって、それは〈一つのものが別れていく〉という意味と同時に〈栄える〉というような意味が混じっていると思うのであります。

また、波の動くさまを〝さく〟と言いますが、この意味の言葉は『古事記』や『万葉集』にしばしば用いられており、この場合の〝さく〟は〈発する〉とか〈起《た》つ〉とかいう意味があって、左岐、佐久、佐伎という文字が充ててあったり、意味をとって、秀起という文字が充ててある場合もあります。

そして、これらの言葉の最も原始的な意味、あるいは、全体を通じて存在する意味は〝活動〟もしくは〝変化〟ということで、それから転じて〝分化〟というような意味も含んでおります。

このように〈さか〉から転じた〈やさか〉という言葉は、無限の活動、無限の変化という意味を持っていて、このように〈やさか〉という言葉の持つ、最も根源的な意味は、無限の活動と変化であることは、噛《か》み締めて味わうべきことであります。

あるいは、人間が持っている性質上の種々の変化も、一種の〝さか〟であって、これは濁《にご》って〈さが（性）〉と言っており、また、自然界や人間界に存在する様々の変化をよく知っていることを〈さかしら（坂知）〉と言い、〈さかしひと（賢人）〉〈さかしめ（賢女）〉などは同類語であります。

あるいは、自然界や人間界に変化が起こるのは当然で、それは結構なことだという意味を含めると、栄、盛、隆、幸というような漢字で現わされている〈さかえ（栄）〉〈さかる（盛）〉〈さき（幸）〉という言葉が出てきます。

例えば〈さかゆく〉という言葉は、自然哲学的には〈活動し変化していく〉という意味になりますが、人生哲学的には、種々の意味の〝さか〟を作ったり、それを乗り越えたり、使ったりしていくことが原始的な意味ですが、だんだんと脱皮、発展して〈栄え行く〉という意味を持つようになります。

おそらく現代人は〈さかゆく〉と申しますと、それは〈さきはふ〉と同じように、栄えゆく意味だと解釈するでしょうが、それは決して、ただ〈栄える〉という意味だけではなくて、様々に変化した事柄が本（もと）を忘れないで、末の役目を果たしておるという意味であります。

あるいは、さき（前、先）すなわち末が、もとの光に照り映《は》えておるという意味であって、幸福という漢字で現わされている〝さち〟〝さき〟という言葉も、同じような含蓄《がんちく》を持っております。

3、次に〈いやさか（弥栄）〉という言葉について申し上げます。〈やさか（八尺）〉について説明しますと、〈いやさか〉について説明するのが順序ですが、この言葉の意味については、また十分に検討をし、味わいもしなくてはならないので、詳細は別の項目でお話ししますので、ここでは一言、お断りだけしておくことにいたします。

『古事記』で〝や〟（八）という言葉は、ある一つの事柄の中に含まれる普遍性、一般性、根源性を現わす場合に用いられておりますから、〈やさか〉という無限の活動、変化を現わす言葉の中に、その無限の活動、変化を存在させたまま抱擁《ほうよう》するところの存在物を含んでいることは言うまでもありません。

したがって、ただいまの場合〈やさか〉が〈いやさか〉であると解釈してもなんら差し支えありませんけれども、〈やさか〉だけで、根本の〝い〟

を表面に出さない場合と、〈いやさか〉と〝い〟を表面に出した場合とがあって、言葉の上に二通りがあることを承知しておればよろしいと思うのであります。

4、次に〈まがたま〉の意味について申し上げます。

この〈まがたま〉というのは、曲玉、勾玉などの文字で現わすところの器物《うつわもの》としての玉のことですが、この場合、ただそれだけでは根本的な意味にはなりません。〈まがたま〉によって表現しようとしている私たちのご先祖の信仰にふれるためには、この言葉の持つ根本的な意味を考えてみる必要があると思います。

まず〈まがたま〉の〝まが〟から考えてみますと、〈まがつひ〉の〝まが〟と〈まがごと〉の〝まが〟などが思い出され、この場合の〝まが〟は漢文字を借りると〝禍〟という文字を充てる〝災い〟というような意味を持っており、それから〈まがひ〉〈まがふ（粉）〉〈まがり（曲）〉〈まかる（罷）〉というような言葉も思い出されます。

このような種々の意味を持つ言葉が《やさかのまがたまのいほつのみすまるのたま》と言う場合に、どんな意味を持つものであるかを、じっと反省しなければならないのであります。

〈たま〉は言うまでもなく玉ですが、玉を掛けるものは人であって、魂も霊も〝たま〟ということを忘れてはなりませんし、御魂鎮《みたましず》めの〝たま〟も〈たままつり（霊祭）〉もありますし、あるいは〝たま〟が神さまを現わす場合もあります。

5、次に〈いほつ〉の意味について申し上げます。

この〈いほつ〉は五百津という漢文字で現わされているように、数の多いことですが、〈いほつ〉と〈や（八）〉の違いに注意することが大事であって、八、八十、八百などは、現代の数学的な意味からだけでは解釈できない言葉であります。

もちろん〈いほつ〉も数学的な〝五百〟という意味でないことはいうまでもありませんが、八、八十、八百などが、常に普遍性、全体性、妥当性を現わそうとしているのに対して、五百津は有限性を現わしていまして、〈やさか〉という限りない変化性の中に包含《ほうがん》されている有限性を現わすのが〈いほつ〉という言葉の役目であります。

このことを理解していただくために、平等差別、色即是空《しきそくぜくう》という仏語を借りますと、平等と空を説く場合に出る言葉が〝や〟であって、差別と色を説く言葉が〈いほつ〉ですから〈や〉がなくては〈いほつ〉は現われず、〈いほつ〉がなくては〈や〉もまた存在しえない関係にあります。

6、次に〈み〉の意味について申し上げます。

『古事記』では〝美〟という漢字を充ててありますが『日本書紀』では〝御〟という漢字が充ててあって、この〈み〉にはどのような意味があるのでしょうか。

一つは、霊、御という漢文字を充てる場合
二つは、身、体、躬という漢文字を充てる場合
三つは、皇という文字を充てる場合
四つは、實、種という文字を充てる場合
五つは、かみ、きみ、たみ、みこと、みそぎ、というような言葉もあります。

7、次に〈すまる〉の意味について申し上げます。
〈すまる〉という言葉は〈すめら〉と通じる言葉で、これの基になる言葉は〝すむ〟であると思いますが、いったいこれは、どんな意味を持つ言葉

であリましょうか。
一つは、澄、清という漢文字を充てる場合
二つは、住、棲という漢文字を充てる場合
三つは、済という漢文字を充てる場合
四つは、統という漢文字を充てる場合
などが考えられます。
例えば、天皇を〈すめらみこと〉〈すめらぎ〉〈すめろぎ〉などと申し上げ、日本国のことを〈すめらみくに〉と言い、あるいは〈すめみま（皇孫）〉〈すめみまのみこと（皇孫命）〉という言葉もあります。

□全体としての考察

以上の項目について、全体としての考察をいたしましょう。

これまで、少々煩《わずら》わしいほど丁寧に、個々の言葉について思い巡らせましたが、これから〈やさかのまがたまのいほつのみすまるのたま〉という全体の言葉の現わす意味を考えてみることにいたします。

結論から先に申しますと

「個々の言葉のもつ意味の全体を突き合せて、その全体の現わしうるだけの意味を持つ」

ということになろうかと思います。

個々の言葉が、すでに〝いのち〟ではなく、言葉によって現わそうとしたところの生きた心持ちが主であるうえに、さらに〈やさかのまがたまのいほつのみすまるのたま〉という言葉全体を現わそうとしたのも、生きたところの気持ちであります。

〝いのち〟のある気持ちは言葉ではなくて、その〝いのち〟ある気持ちが、これらの言葉を借りて現われるのですから、その現わしうる内容が広いのは当然ですが、いったん言葉となって現われると、それを聞く者、扱う者は、単なる言葉として扱うようになって、これはまことに危険なことであります。

この〈やさかのまがたまのいほつのみすまるのたま〉というような大切な言葉も、単なる言葉として考えること自体が大きな誤りであるうえに、この言葉の意味の末に落ちたり、先に走った意味しか知らぬ現代人が、現代的に解釈したのでは、いよいよ誤りになると思います。

このような心配から、煩わしいことを煩わしいとせずに、個々の言葉の意味を反省してきました。御魂鎮めをしながら、しっかりと噛み締めて、一つ一つの言葉の持つ意味を味わっていただきたいのであります。

言葉そのものは〝いのち〟ではありませんが〈ことだま（言霊）〉という表現もありますように、言葉は〝いのち〟に達する一つの道であると思います。

したがって〈やさかのまがたまのいほつのみすまるのたま〉という言葉を、一つ一つ句切りをつけて、御魂鎮めをしながら、じっくり味わってみると、無数の意味が出てきますし、上の句と下の句のつながりも、さまざまになって現われますし、さらに、全体を現わす意味になると、いよいよ複雑であり深遠な意味になることがわかります。

次に、このようにして浮かび出る言葉の意味を申し上げるのが順序ですが、ここまでくると、単に言葉の意味としては扱うことが出来なくなってきますので、項を新たにして、言葉の上からの考察と、信仰の上からの反省とを同時にすることにします。

説明してはならないことを説明し、理屈でないことを理屈として現わす誤りは免れえないことは言うまでもありません。そのつもりでお読み下さることをお願い申し上げます。

□ 信仰の立場から

次に〈やさかのまがたまのいほつのみすまるのたま（八尺勾玉之五百津之美須麻流之珠）〉という言葉の現わす信仰を主として考えることにいたします。

信仰の立場から申しますと〈やさかのまがたまのいほつのみすまるのたま〉というのは、天照大御神の〈みたま〉の別名であると思います。

この世の中のありとしあらゆる物事は、天之御中主命《あめのみなかぬしのみこと》の現われとして、無数、無尽、無窮《むきゅう》の活動変化を続けていくもので、その中には、物質的なものもあり、精神的なものもあり、あるいは、自然界のものもあり、人間界のものもあって、つまり、この世は無尽の活動変化があって、その意味を現わしているのが〈やさか〉であります。

また、この無数、無尽の変化を表現するところの物事があって活動変化が行われるのですが、その物事が〈まがたま〉であって、人もこの〈まがたま〉の中に入り、こうして天之御中主命は、自らを〈むすびのかみ〉〈いざなのかみ〉として、お現わしになっているのであります。

さて、この無数、無尽の限りない変化活動は、常に無数、無尽かというと、決してそうではなくて、時間的にも空間的にも有限の特定の形で実現されて、その姿を現わした言葉が〈いほつ〉であります。

この〈まがたま〉の〈いほつ〉に対して〝み〟の〈ひかり〉を注いで、すべての物事に意義あらしめて、全体を調和の状態に置くところの〈たましい（霊、魂）〉が〈みすまるのたま〉であります。

このように考えますと、〈みすまるのたま〉の中から、この〈たま〉の各方面の力を実現するために、正勝《まさかつ》吾《あ》勝《かつ》勝速《かちはや》日《ひ》天《あめ》之《の》忍《おし》穂《ほ》耳命《みみのみこと》をはじめとする神々がお生まれになるということも、当然のことであろうかと考えられるのであります。

第九章　みこのりわけ

原　文

於是天照大御神、告須佐之男命、是後所生五柱男子者、物實因我物所成。故、自吾子也。先所生之三柱女子者、物實因汝物所成。故、乃汝子也。如此詔別也。故、其先所生之神、多紀理毘賣命者、坐胸形之奥津宮。次市寸嶋比賣命者、坐胸形之中津宮。次田寸津比賣命者、坐胸形之邊津宮。此三柱神者、胸形君等之以伊都久三前大神者也。故、此後所生五柱子之中、天菩比命之子、建比良鳥命、(此出雲國造、无耶志國造、上菟上國造、下菟上國造、伊自牟國造、津嶋縣直、遠江國造等之祖也)次天津日子根命者(凡川内國造、額田部湯坐連、茨木國造、倭田中直、山代國造、馬来田國造、道尻岐閇國造、周芳國造、倭淹知造、高市縣主、蒲生稲寸、三枝部造等之祖也)

書き下し文

ここに天照大御神《あまてらすおおみかみ》、速須佐之男命《はやすさのおのみこと》の告《の》りたまひしく、「この後に生《あ》れし五柱《はしら》の男子《おのこ》は、物實《ものざね》我が物によりて成れり。故、自ら吾《わ》が子ぞ。先に生れし三柱の女子《おみなご》は、物實汝が物によりて成れり。故《かれ》、すなわち汝が子ぞ」かく詔り別け玉引《たまひ》き。

故、その先に生れし神、多紀理毘賣命《たきりびめのみこと》は、胸形《むなかた》の奥津宮《おきつみや》に坐《ま》す。次に市寸嶋比賣命《いちきしまひめのみこと》は、胸形の中津宮《なかつみや》に坐す。次に田寸津比賣命《たきつひめのみこと》は、胸形の邊《へ》津宮《つみや》に坐す。この三柱の神は、胸形君《むなかたのきみら》等のもち拝《いつ》く三前《みまえ》の大神なり。故、この後に生れし五柱の子の中に、天菩比命《あめのほひのみこと》の子、建比良鳥命《たけひらとりのみこと》、（此出雲《いずもの》國造《くにのみやつこ》、无耶志國造《むざしのくにのみやつこ》、上菟上國造《かみつうなかみのくにのみやつこ》、下菟上國造《しもつうなかみのくにのみやつこ》、伊自牟國造《いじむのくにのみやつこ》、津嶋縣直《つしまのあがたのあたい》、遠江國造《とおつおうみのくにのみやつこ》等之祖也）次に天津日子根命《あまつひこねのみこと》は（凡川内國《おおしこうちのくにの》

造《みやつこ》、額田部湯坐連《ぬかたべのゆえのむらじ》、茨木國造《きのくにのみやつこ》、倭田中直《やまとのたなかのあたい》、山代國造《やましろのくにのみやつこ》、馬来田國《うまぐたのくにの》造《みやつこ》、道尻岐閇國造《みちのしりのきへのくにのみやつこ》、周芳國造《すわのくにのみやつこ》、倭淹知造《やまとのあむちのみやつこ》、高市縣主《たけちのあがたぬし》、蒲生稲寸《かもうのいなき》、三枝部造《さきくさべのみやつこ》等之祖也……下略）

まえがき

《みこのりわけ》は、漢字に書けば〈子詔別〉であります。

《うけひ》によって〈みこうみ〉をされた天照大御神《あまてらすおおみかみ》が八柱の〝みこ〟に対して、如何《いか》なる〝みこ〟であるかをお定めになることが《みこのりわけ》であります。

言葉の意味は、そんなに難しくはないと思いますが、お諭《さと》しとしては味わい深いところであります。

本　文

須佐之男命《すさのおのみこと》が全身全霊をもって〈いふき〉による〈みこうみ〉をしておいでになる間、天照大御神《あまてらすおおみかみ》はじっとそれをご覧になりながら照り輝いておいでになりましたが、その天照大御神のお姿には、人間界で申しますと、お産をするときや新たに物を作り出すときに見られる非常な努力とご苦労の様子が見られたことと思います。

やがて〈いふき〉による〈みこうみ〉をなし終えられた須佐之男命が、静かに御魂鎮《みたましず》めからお覚めになって、天安河《あめのやすのかは》からお出ましになり

「天照大御神様、私の〈みこうみ〉は終わりました」

とご報告なさいましたが、このときの須佐之男命のお姿には、全力を込めた一大事を実現した後ですから、喜びとともに、一大事に耐え通したお

疲れの様子も見えました。

天照大御神は、このお知らせをお聞きになって

「須佐之男命よ、まことに見事な〈いふき〉でした。さあ、八百万神々《やおよろずのかみがみ》をはじめとして、あらゆるものと共に、この大きな仕事を成し遂げたことを喜び合いましょう」

と仰せになりました。

こうして、天之御中主神《あめのみなかぬしのかみ》をはじめとする、あらゆる神々の〈みひかり〉の中で、大いなる喜びの〈ひかり〉が照り輝きわたった一瞬間がありました。現《うつ》し世に、やがて実現されるべき〈ひのくに（日本国）〉の君たるべき御子と、その君の〈おおみわざ〉を助けるべき民の〈おや（祖先）〉が生まれたのですから、これに越した喜びはないのであります。

□ 神々の役割

神さまの仕事には、これでおしまいということはなくて、一大事を実現されたご両神は、さらに相対して、次の仕事に進まれました。

まず、天照大御神は須佐之男命に向かって

「須佐之男命よ。あなたが《まいのぼり》をしてこられたために、ここに一大事が行われ、八柱《はしら》の〈ひこ、ひめ〉が生まれました。ここで私どもにははっきりさせなければならないことがあって、それは、私どもは天之御中主神、高御産巣日神《たかみむすびのかみ》、神御産巣日神《かみむすびのかみ》から受け継いだ〈ひかり〉を実現して〈みこうみ〉をしました。

しかし、私とあなたとの間には、お父上の神である伊邪那岐命《いざなぎのみこと》からお引受けしたところの〈受持ち〉の違いがあって、〈みこうみ〉をしたこの際に、そのことをはっきりしておかなくてはならないと思います。

私どもはめいめい自分の受持ちを実現するために〈みこうみ〉をしたの

ですから、八柱の〈ひこみこ〉と〈ひめみこ〉の性質をはっきりさせておきたいと思います」
と仰せになりました。
須佐之男命は、このお言葉をお聞きになって
「仰せのとおり、お姉上と私との間には〈受持ち〉の違いがあって、この違いをはっきり守ることが、お父上の神である伊邪那岐命《いざなぎのみこと》の仰せ付けですし、これを守ることが私どもの喜びでもありますから、八柱の〈ひこ、ひめ〉についても、はっきりしたけじめを付けておくことが大切かと思います」
とお答えになりました。
そこで、天照大御神は
「よろしい。それでは、私からそのことをはっきり言い現わしましょう。後から生まれた五柱の男子は、あなたの〈いふき〉によって生まれ出た神々

ですが、その〈たね〉になっているのは、私の受持ちを現わす〈八尺勾《やさかのまが》玉之五百津之美須麻流之珠《たまのいほつのみすまるのたま》〉ですから私の子で、この五柱の男子は、正勝《まさかつ》吾勝勝速日天之忍穂耳命《あかつかちはやひあめのおしほみみのみこと》をはじめとして、これからは私の仕事のために活動する神々であります。

それから、先に生まれた三柱の〈ひめみこ〉は、私の〈いふき〉によって生まれ出ましたが、その〈たね〉になっているのは、あなたの受持ちを示す剣《つるぎ》ですから、あなたの〈みこ〉であって、この三柱の〈ひめみこ〉は、あなたの仕事の大切な役目をすることになります」

このように仰せになって、〈みこ〉の性質と、今後の仕事の受持ちをはっきりとお定めになりました。

□ 御魂分け

そしてまた、天照大御神は須佐之男命に向かって、次のようなことを仰せになりました。

「須佐之男命よ。よく聞いてください。そして、共に喜び、共に祈って下さい。

〈ひのかみ〉としての私の役目は、どこまでも〈ひ〉の〈ひかり〉を光り輝かすことにあります。〈ひかり〉は、信仰の道、愛の道であります。無生物界においては、万物が一つの〈ひかり〉を元として存在する喜びをつかさどるのが私の務めであります。また、生物界においては、あらゆる生き物が〈いざなみのかみ〉の一つ命に生きることをつかさどるのが私の務めであります。

人間界においては、ことごとくの人間が、すべて〈いざなみのかみ〉の子どもであるとともに、私の〈ひかり〉を輝き出すべきところであり、〈ひかりのこ〉であることをつかさどるのが私の役目であります。

そしてまた、無生物と生物と人間との間には、互いに天之御中主神の現われであることを知らせて、共々に〈むすび〉と〈にぎわい〉の道にいそしみ、共に生き共に楽しませることが私の役目であって、この私の受持ちを現わすものが〈八尺勾玉之五百津之美須麻流之珠《やさかのまがたまのいほつのみすまるのたま》〉であります。

しかし、この私の務めは、私一人では果たすことができません。〈ひかり〉は、それを受けるものがなければ輝くことができないし、その存在すら明らかにすることができないのですが、このたびのあなたの《まいのぼり》によって、私の〈ひかり〉がはっきり輝き出すことができました。輝き出すべき〈たね〉になるところの〈八尺勾玉之五百津之美須麻流之珠《やさかのまがたまのいほつのみすまるのたま》〉の姿も、はっきり示すことができました。

また〈ひのかみ〉としての私の務めを行うためには、ぜひとも私の〈いのち〉を分けて〈わけみたま（分魂、分身）〉を作らなければなりませんでしたが、このたびのあなたの《まいのぼり》と、それに続く《うけひ》による〈いふき〉によって、私の受持ち実現に必要な〈わけみたま（分魂、分身）〉の実現を果たしたのであります」

このように仰せになったときの天照大御神のお姿は光り輝いておりましたが、そのお言葉はなお続きました。

「須佐之男命よ、あなたと力を合わせて行なった〈いふき〉によって、私は五柱の男子の神を得ましたが、これはまさしく、私の一回目の〈わけみたま（分魂、分身、分霊）〉であります。

この子どもたちによって、私は私の受持ちを実現することができます。また、私の〈わけみたま〉である子どもたちは、みんな〝ひ〟に縁のある名を持っております」

□〈ひこみこ〉と〈ひめみこ〉

このように仰せになって、お側に並んでおいでになる五柱の御子《みこ》たちをご覧になって仰せになりました。

「五柱の御子たちよ。いま私はお前たちを、私の〈わけみたま（分魂、分身、分霊）〉として生み出しました。やがてお前たちが、それぞれ受持ちをもって働く時がまいります。御子たちよ、めいめいに自分の名前と、これから成し遂げようとすることの考えを申し述べてご覧なさい」

この言葉に従いまして、先《ま》ず、正勝吾勝勝速日天之忍穂耳命《まさかつあかつかちはやひあめのおしほみみのみこと》がお答えになりました。

「私は〈八尺勾玉之五百津之美須麻流之珠《やさかのまがたまのいほつのみすまるのたま》〉から生れた第一の〈ひこみこ〉ですから〈八尺勾玉之五百津之美須麻流之珠《やさかのまがたまのいほつのみすまるのたま》〉が活動する際の大本の仕事を引き受け務めさせていただきます。

つまり、天照大御神の〈ひかり〉が、永久に数限りない〈さか（坂、境、裂、咲、栄、隆、盛……）〉をお作りになっていかれるのに必要な、当然あるべきところの〝ま〟なる〝さか〟が生まれ出るように、務め励む役目を果たしたいと思います。それで、私の名は〈まさかつあかつ〉と申します。

それから、私はこの役目を成し遂げる場合には、いかなるときにも〈ひのかみ〉の大本を忘れないようにいたします。いつかは〈八尺勾玉之五百津之美須麻流之珠《やさかのまがたまのいほつのみすまるのたま》〉の働きが、高天原《たかまのはら》から現し国に及ぶときがあると思いますが、私はあくまでも高天原の〝ひ〟と〝み〟の元のことを忘れずに、如何《いか》なるとき、如何なるところでも、受持ちとして、自分の〈ひかり〉を輝かしていきたいと思います」

このように、神さまとしてのご挨拶をなさいましたので、天照大御神はことのほかご満足をお示しになりました。

続いて、天之菩卑能命《あめのほひのみこと》、天津日子根命《あまつひこねのみこと》、活津日子根命《いくつひこねのみこと》、熊野久須毘命《くまのくすびのみこと》などの神々が、〈ひのかみ〉の〈わけみたま〉として、めいめいの受持ちをお示しになりました。

須佐之男命は、天照大御神の〈みことのり〉をお聞きになり、そしてまた、五柱の〈ひこみこ〉たちの有り様をご覧になっていましたが
「お姉上の一大事実現にお力を添えることができましたのは、何よりの喜びであります。その上に、お姉上の〈ひかり〉のお陰によりまして、私の受手と剣とを持って、物と事との上に〈ひかり〉を実現していくべき私の受持ちの喜びを知ることができました。

その上にまた、私の受持ち実現に欠かすことのできない協力者として、三柱の〈ひめみこ〉を、私の〈わけみたま〉として授かることができました。三柱の〈ひめみこ〉たちよ、お前たちがなすべき今後の務めを明らかに示してみなさい」

と仰せになりました。

ここにおいて、三柱の〈ひめみこ〉たちは、今後、担当すべきめいめい

の働きぶりをお示しになりました。
こうして〈みこうみ〉の一段落がつくことになりました。

あとがき

以上、この段落について、味わわせていただき、反省させていただいたことを、思い出すままにまに申し上げて、ご参考にしていただきたいと思います。

□重大なご神勅

この〈みこのりわけ〉は、大和民族の信仰の中でも、極めて重大な位置を占めるご神勅《しんちょく》の一つで、このご神勅によって、正勝吾勝勝速日天之忍穂耳命《まさかつあかつかちはやひあめのおしほみみのみこと》が、天照大御神《あまてらすおおみかみ》、すなわち〈ひのかみ〉の第一の〈ひのみこ〉であることが定まったのであります。

そして、正勝吾勝勝速日天之忍穂耳命《まさかつあかつかちはやひあめのおしほみみのみこと》は〈天孫天下り《てんそんあまくだ》〉のご準備に全力を注がれましたが、自ら天下りはなさいませんので、ご自身の〈ひのみこ〉である天邇岐志国邇岐志天津日高日子番能邇邇芸命《あめにきしくにきしあまつひこひこほのににぎのみこと》が〈天孫天下り〉なさることになるのであります。

このようにして、天照大御神の〈八尺勾玉之五百津之美須麻流之珠《やさかのまがたまのいほつのみすまるのたま》〉は〈みこのりわけ〉によって、正勝吾勝勝速日天之忍穂耳命《まさかつあかつかちはやひあめのおしほみみのみこと》から天邇岐志国邇岐志天津日高日子番能邇邇芸命《あめにきしくにきしあまつひこひこほのににぎのみこと》を経て、今日の天皇の上に、その中心としての〈ひかり〉と〈ちから〉を現わしておるのであります。

したがって、このご神勅は〈あまつひつぎ〉すなわち皇統《こうとう》を明示しておるのでして、〈ひのもとつくに（日本国）〉の〈くにがら（国体）〉をお示しいただいた上から申しまして、きわめて大切なご神勅であるということができます。

□〈ものだね〉の発見

次に〈ものだね〉について申し上げます。

〈ものだね〉は『古事記』の原典には物實とあって〈ものざね〉と読んでおります。〝實〟を〝さね〟と読んだのでして〝さね〟は〝たね〟（種子）ですから〈ものだね〉としたのであります。

しかし〈ものだね〉と言う場合には、漢字で現わしている〝さね〟（實）の意味も〝たね〟の意味も、その両方を含んでおります。

また〈ものだね〉ということを一般的に考えますと、〃もの〃として形のあるものの世界に現われる元となるところの〃たね〃（種子）ということであります。その種子の中にも、末なるもの（属性）と、元なるもの（本質）があるわけですから、その元となるもの（本質）という意味で〃さね〃（實）ということになります。つまり〈ものだね〉ということは、物の世界に現われ出るためには、なくてはならぬ種子となるものという意味であります。

この〈みこのりわけ〉の場合、天照大御神の〈ものだね〉は〈八尺勾《やさかのまが》玉《たま》之《の》五《い》百《ほ》津《つ》之《の》美《み》須《す》麻《ま》流《る》之《の》珠《たま》〉であり、須《す》佐《さ》之《の》男命《おのみこと》の〈ものだね〉が〈十《と》拳剣《つかのつるぎ》〉であることは申すまでもありません。

ご両神は《あめのやすのかは》の〈うけひ〉によって、この〈ものだね〉をはっきりと認めることができ、その上に禊《みそぎ》による〈いふき〉をして〈ものだね〉から〃みこ〃をお生みになることができ、自己の受持ちを明らかにするとともに、受持ちの実現に欠かせない〝みこ〟を生むことができたのであります。

私ども一人ひとりの〝たみ〟にも受持ちはあって〈ひのかみ〉の〈ひかり〉をいただくところの〝ひと〟としても、村人としても、あるいは、家人としても、他の何人《なんぴと》にも代えることのできぬ受持ちがあるはずだと思うときに、われわれの心を躍《おど》らせて下さるのは、この〈ものだね〉の教えであります。

結局、われわれの修行の最後の目標は、この〈ものだね〉の発見と、その〈ものだね〉から〈わが子〉を生み出すことにあると思います。

この〝わが子〟には、肉体的なわが子と、精神的なわが子と、事業上のわが子とがありますが、いずれにしても〝われ〟を〈われなり〉と言い切るところの〝われ〟の発見と、その〈わが子〉を生み出すことが、われわれの務めであり、喜びであると思います。

□ わが子を生む

次に〈ものだね〉を発見して〈わが子〉を生むにはどうしたらよいかについて、少し考えてみたいと思います。

われわれも〈ものだね〉を発見して〈わが子〉を生みたいわけですが、その方法はこの中ではっきりとお示しになっておりまして、それは安河に入って禊をすることであります。

この安河というのは〈あめのやすのかは〉〈くにのやすのかは〉など、大小、広狭さまざまの安河がありますが、日本国に存在する安河は、その根底において〈あめのやすのかは〉（ひのかは、いのちのかは）に通じております。

そこで、私どもは自分の持つ〈ものだね〉を発見して、この安河の真っ只中《ただなか》に飛び込むことが大事であって、先ず、家という安河に飛び込み、それから、夫婦なら〈めおとのみち〉という安河に飛び込み、村人ならば村という安河に飛び込むのです。

そうすると、これらの安河は、日本国という安河に通じていますから、そこから受ける〝ひ〟の〈ひかり〉によって、初めてわれわれが授かっている〈ものだね〉が明らかになります。

寒中に川に入って行う禊でさえも苦しいのですから、執着《しゅうちゃく》の多い現在の立場を離れて安河に入って禊をすることは、なま易しいことではないと思いますが〝ひ〟の〈ひかり〉をいただいて受持ちの基礎となる〈ものだね〉を確認しようと思うならば、どんなに苦しくても安河で禊をするより他に、方法はないと思われるのであります。

また、この〈ものだね〉を掴《つか》んで〈わが子〉を生むことは、信仰の道に入ることになります。あるいは、村にも〈ものだね〉があり、国にも〈ものだね〉があって、この〈ものだね〉というのは〝ひ〟の〈ひかり〉を受けて、個が箇の中に全を受け入れる原因になるもののことであり、普遍原理が特殊の中に入って、特殊に普遍性を与える唯一《ゆいいつ》の入り道のことであります。

これを受持ちについて言えば〝もち〟なくして〝ひ〟を受けることはできず、〝ひ〟を受けずしては〝もち〟は生じないのですが、〈ものだね〉とは、その〝ひ〟を受け得る潜在《せんざい》的な〝もち〟のことであります。

村はどの村も〈ものだね〉を明確にして、生きた村にならなければなりませんし、国もまた〈八尺勾玉之五百津之美須麻流之珠《やさかのまがたまのいほつのみすまるのたま》〉という〈ものだね〉を明らかにすることが大事であります。

□神名の由来

次に、正勝吾勝勝速日天之忍穂耳命《まさかつあかつかちはやひあめのおしほみみのみこと》の御神名について反省させていただきます。

〈まさか〉は『古事記』には正勝とあり、『日本書紀』には正哉とあってどちらでもよいと思いますが、この〈まさか〉は、当然生まれ出ずるべき〝さか〟という意味を漢字に書いて当て嵌《は》めるなら、真坂、真境、真栄などがよいのではないかと思われます。

したがって〈まさか〉の〝さか〟は〈ものだね〉である〈八《や》尺勾玉之《さかのまがたまの》五百津之美須麻流之珠《いほつのみすまるのたま》〉という言霊《ことだま》の中に含まれている〝さか〟と同じ意味の言葉で、ここの〈まさか〉は〈みこと〉〈まこと〉と言い換えても意味が分かると思います。

言うまでもなく、この場合の〈みこと〉は、もっとも根本的な意味、つまり、第一義の〈みこと〉であって、強《し》いて漢字で現わすと、尊、御事、美事、生命などのすべてを含む〈みこと〉であって〝み〟なる〝こと〟という意味です。もちろん〈まこと〉も第一義における〝ま〟なる〝こと〟という意味であります。

次に〈あかつ〉は、漢字では吾勝と書いてありまして、この〝あ〟つまり〝吾〟について考えてみますと、この場合の〝あ〟は、普遍性のある〈ひかり〉、つまり〈いのち〉が、具体的に定まった立場に立ったときの姿だと思います。

したがって、この〝あ〟、つまり〝我〟は天照大御神の〈みたま〉を現わし、須佐之男命の〈みたま〉を現わし、正勝《まさかつ》吾勝《あかつ》勝速日《かちはやひ》天之忍穂耳命《あめのおしほみみのみこと》ご自身の〈みたま〉をも現わす、広い意味の〝あ〟（我）であると思います。

次に〈あかつ〉の〝かつ〟は、漢字では〝勝〟という文字が充ててありますが、これが中国思想の上でどんな意味を現わすのかわかりませんが、漢字の〝勝〟では完璧《かんぺき》ではないと思います。

〈やまとことば〉で言う〝かつ〟に、漢字を当て嵌《は》めれば、生、産、創、勝、克、堪、その他、いろいろの意味を現わすところの、広くて深く、かつ弾力性のある言葉が適当かと思います。

現在のように〝かつ〟という言葉が、負ける相手を作って喜ぶようになったのは、言葉の堕落《だらく》であって〝かつ〟という〈やまとことば〉は〈むすび（産霊）〉の作用そのものを指して言うのであります。

〈たたかい（戦）〉に勝つという言葉も、言霊としては、現代人が考えているような戦いでもなければ〝勝つ〟でもないのであります。戦いという言葉は、叩き合いでもなければ、殴り合いでもなくて〝た〟と〝た〟を買うことであります。

この場合の〝た〟の元は〝て〟（手）で、それから、手によって作られた〝た〟（田）と〝はた〟（畑）を現わし、さらには、全ての人が生きていくために作り出した〝てだて〟（工夫、方法）をも〝た〟と言うのであって、このように、人が作り出した生活の方法が、ある段階で行き詰まったときに、現段階の〝た〟に進歩・発展を作り出すことが〝かう〟ということの意味であります。

この〝かう〟の語源について考えますと、国家と国家の戦いでも、民族と民族の戦いでも、現段階における精神文化と物質文化に行き詰まりが生じ、それを打ち破るための闘いでもありません。この正しい意味の戦いという言葉が現わしている〝た〟は〈まさか〉の〝さか〟に当たる言葉で、正しい戦いには〝まけ〟（負）ということはありません。

例えば、楠木正成《くすのきまさしげ》公の湊川《みなとがわ》の戦いも、西郷さんの城山《しろやま》の戦いも、勝海舟の江戸城明渡しの戦いも、戦うべき〈たたかい〉を戦ったのでして、第一義においては〈かつ〉たのであって、決して負けたのではありません。

次に〈かちはやひ〉の〝はや〟は、漢字では〝速〟という文字が充ててありますが、これは当て字であって、元の言霊としての〝はや〟の意味を考えるべきだと思います。

「心はやる（速）」

と言うときは、勢いに乗って進む、自ら進む、焦る、というような意味を現わします。また、草木の萌《も》え出ずることを〝はゆ〟（生）と言います。あるいは、心が募り進むことを〝はゆ〟（逸）と言い、光の輝き、物事の盛んなことを〝はゆ〟（映）と言いますし、さらには〝はやす〟（生やす）〝はやす〟（栄やす）という意味もあります。

このように、さまざまな意味を持つ言葉を生み出した元の〝はや〟という言葉があるはずで、それがここの〈かちはやひ〉の〝はや〟という言葉であります。

それから〈かちはやひ〉の〝ひ〟は〈ひのかみ〉の〝ひ〟〈むすび〉の〝ひ〟〈ひのもとつくに〉の〝ひ〟であります。

さて、ここまで別々に切り離して考えてきた〈まさかつあかつかちはやひ〉というご神名の現わす意味と、その奥に輝く〈ひかり〉とを、本当に会得《えとく》していただくより他に、ご神名の真の意味をお伝えする道はないと思うのであります。

次に〈あめのおしほみみのみこと〉というご神名について考えたいと思います。

正勝《まさかつ》吾《あ》勝《かつ》勝《かち》速《はや》日《ひ》天《あめ》之《の》忍《おし》穂《ほ》耳命《みみのみこと》のことを、単に天之忍穂耳命と申し上げることもあって、しがたって〈まさかつあかつかちはやひ〉という部分は〈あめのおしほみみのみこと〉という部分の言葉を変えた言い現わしということになります。

つまり〈あめのおしほみみのみこと〉の〈みいつ〉の働き方を申し上げたのですから、上の方の〈まさかつあかつかちはやひ〉が分かれば、下の方の〈あめのおしほみみのみこと〉と申し上げる部分も自《おの》ずから分かると思います。

□ 氏族の神さま

以上、正勝《まさかつ》吾《あ》勝《かつ》勝速《かちはや》日《ひ》天《あめ》之《の》忍《おし》穂《ほ》耳命《みみのみこと》のご神名について考えてまいりましたが、次に、その〈ひのみこ〉であり〈天孫天下り〉を実現された天邇《あめに》岐《き》志《し》国《くに》邇《に》岐《き》志《し》天津《あまつ》日《ひ》高《こ》日《ひ》子《こ》番《ほ》能《の》邇《に》邇《に》芸命《ぎのみこと》と比較しながら〈おしほみみのみこと〉の〈みいつ〉を明確にしたいと思います。

最初に、ご神名の各部分を当て嵌めてみますと、〈まさかつあかつ〉が〈あめにきしくににきし〉に当たり、〈かちはやひ〉が〈あまつひこ〉に当たり、〈あめのおしほみみのみこと〉が〈ひこほのににぎのみこと〉に当たります。

さらに、これを天照大御神というご神名に当て嵌めると、次のようになります。

あまてらす　　おおみかみ

まさかつあかつ　かちはやひ　あめのおしほみみのみこと
あめにきしくににきし　あまつひこ　ひこほのににぎのみこと

次に

「故其の先に生まれませる神、多紀理毘賣命《たきりびめのみこと》は」

というところから

「三枝部《さきくさべ》　造《のみやつこ》　等が祖なり」

というところまでについて申し上げます。

『古事記』がこの段落において伝えていることは、要するに、三柱の姫神と五柱の男神が、各地方の主だった氏族の氏神様だったということです。古代の各地方の、主だった人々の血と心を受け継いでいる現代日本人の全ての中に、八柱の〈みこ〉の血と心が伝わっていると信じてよろしいのであります。

名もなきささやかな存在であるわれわれの中にも、八柱の〈みこ〉を通して、天照大御神の〈八尺勾玉之五百津之美須麻流之珠《やさかのまがたまのいほつのみすまるのたま》〉の〈ひかり〉をいただいているのであります。

また、須佐之男命の〈ものだね〉である生太刀《いくたち》の剣の〈ひかり〉も、われわれの中に伝わっていることが示されているのであります。

第十章　かちさび

原　文

爾速須佐之男命、白于天照大御神、我心清明。故、我所生子、得手弱女。因此言者、自我勝云而、於勝佐備、離天照大御神之營田之阿、埋其溝、亦其於聞看大嘗之殿。屎麻理散。

書き下し文

ここに速須佐之男命《はやすさのおのみこと》、天照大御神《あまてらすおおみかみ》に白《まを》ししく、「我が心清く明《あか》し。故《かれ》、我が生める子は手弱女《たわやめ》を得つ。これによりて言《まお》さば、自ら我勝ちぬ」と云《まを》して、勝さびに、天照大御神の榮田《つくだ》の畔《あ》を離《はな》ち、溝《みぞ》を埋《うづ》め、またその大嘗《おほにえ》を聞こしめす殿《との》に屎《くそ》まり散らしき。

まえがき

《かちさび》は『古事記』には勝佐備という漢字が充ててあって〈我勝てり〉、もしくは〈我勝ちつつあり〉と思うために起きる〝さび〟のことであります。

簡単に考えれば、須佐之男命《すさのおのみこと》が天照大御神《あまてらすおおみかみ》にお勝ちになったことに安心して、思い上がって、乱暴なさるという意味のようですが、神典のお諭《さと》しはそうではないと思います。

本文

□ 溢《あふ》れ出る力

さて《みこのりわけ》という一大事を成し遂げられた天照大御神《あまてらすおおみかみ》と須佐之男命《すさのおのみこと》は、次の段階の〈神業《かみわざ》〉をお示しになります。

須佐之男命は《うけひ》が見事に実を結びまして〈いふき〉によって、三柱《はしら》の〈ひめみこ〉を、ご自分の〝みこ〟としてお生みになって、たいそうお喜びになりました。

また、受持ちがはっきり分かって、父神・伊邪那岐命《いざなぎのみこと》の「汝《なんじ》が命は海原《うなばら》を知らせ」

という《ことよさし》が力強い喜びをもって、須佐之男命の胸中に甦《よみがえ》ってまいりました。

〈海原を知らせ〉という貴い神勅《しんちょく》の真実を忘れて《なきいさち》をしていた頃、《まいのぼり》前の自分の姿を思い出されたとき、《うけひ》の後と先とでは、同じ山川草木に対する考え方の違いに、いまさらのように驚かれました。

いまや須佐之男命は、ご自分の受持ちが、はっきりとお分かりになりました。ご自分が荒らしたまま残してきた現《うつ》し国の山川草木、河海禽獣《きんじゅう》までが、いまさらのように懐かしい心で思い出されるのでした。一刻も早く現し国に行って、悉《ことごと》くのものを《なきいさち》から救って、喜ばしてやりたいとお思いになりました。そして、田畑をお作りになって、国土を開拓して、立派な家作り、村作り、国作りをしたいという、希望の力が溢《あふ》れるのをお感じになりました。

ところが、須佐之男命は直ちに天下りをして、国土を開拓して、国作り家作りを始めることはなさいませんで、まだ高天原《たかまのはら》においてなすべき重大な仕事が残っているようにお感じになりました。

そこで、須佐之男命は改まった気持ちで、ご自分のことをじっとお考えになりました。《なきいさち》から始まって《みこうみ》に至るまでの、長い長い試練によく耐え通してきたものだとお考えになり、そのために少しもお疲れになったという気持ちは起こらないで、ご自分の受持ちの実現に突き進んでいこうという気持ちが満ち溢れているご自分にお気付きになりました。

□ 高天原での勉強

さて、このようなお気持ちになられた須佐之男命は、天照大御神のしろしめす高天原をお調べになって、高天原にある事柄の中から、自分の受持ち実現の道の参考になることを学び出そうと思い立たれました。

天照大御神の受持ちが、魂のこと、信仰のこと、愛のことであるのに対して、須佐之男命の受持ちは、物のこと、技術のこと、学問のことですから、そういう方面のことについて、高天原をお調べになる仕事をお始めになり、そのことが自分のなすべき大事な仕事だったことにお気付きになったのであります。

このようなお気持ちで、須佐之男命がご覧になった高天原は実に美しいところでありました。草も、木も、国土も、その他、全ての物、全ての営みが、まことに素晴らしいものでありました。

それで、須佐之男命は、ますます熱心になって、何物も恐れない勢いで高天原の調査と勉強を進められました。田畑の作り方、木の育て方、禽《きん》獣《じゅう》類の飼い方、家の作り方などを初めとして、手と剣《つるぎ》とによって生じるあらゆることの研究を一所懸命に進めていかれました。

そして、かつて自分が大嫌いだったこれらの仕事が、どんなに楽しいことであるかをお悟りになって、そしてまた、これらのことが高天原においていかに見事に営まれているかに感嘆《かんたん》なさいました。

須佐之男命は日夜を問わず、高天原のあちこちをお回りになって、あるときは植林の研究に歳月をお過ごしになり、あるときは、家畜の研究に心身を打ち込まれました。また、あるところでは田畑の作り方の勉強に熱心に従事されました。あるいはまた、太刀や珠の製作所に入って修行なさったこともありました。

自分の受持ちが、このような方面にあるという確信と喜びをしっかりお持ちになった上での修行ですから、その勉強ぶりの激しさと徹底ぶりとは、どんなであったかと想像されるのであります。

この須佐之男命の有り様は、如何《いか》なる困難にも負けないで勝ち進むという意味の《かちさび》で、天照大御神がこの様子をご覧になって、たいへんお喜びになり、見守っておいでになったことは言うまでもありません。

□ 神々との問答

ところが、こうして熱心に修行と勉強に励んでおいでになるうちに、須佐之男命の御心に一種の変化が起こってきました。それは、次の段落の《かちさび》であります。

須佐之男命の修行は、たいへん困難を伴ったものだったことは言うまでもありませんし、その修行が大切であること、貴いものであること、自己の使命の実現に必要欠くべからざるものだと固く信じてのことですから、どんな困難にも負けないで、修行と研究をなさったことは言うまでもありません。

しかし、その修行と研究をお続けになっていくうちに、次のようなお考えが頭を持ち上げてきました。

「自分の因《よ》って立つ道が分かって、その修行と勉強に没頭したのだが、よくもこんなに種々な困難に打ち勝ってこられたものだ。けれども、まだこんな程度で満足して止まってはいけない。もっともっと修行と研究を進めていかなければならない。

すでに自分は天照大御神と《うけひ》をして〈あかきこころ（清明心）〉が、証明されて三柱の〈ひめみこ〉を生むことができた。この〈ひめみこ〉たちは、自分の仕事の実現のために、自分の〈わけみたま（分霊）〉として、手助けをするために待っている。

これほどの努力を重ねて、自分の進んでいる道には間違いはないはずで、このことは天照大御神もお認めになっている。そうだ、何の遠慮《えんりょ》もしないでどんどん研究を続けていこう」

須佐之男命はこのような確信を持って、ますます熱心に修行と研究を続けていかれました。

ところが、須佐之男命の研究があまりに熱心であったために、あちらこちらで悶着《もんちゃく》が生じてきました。

須佐之男命は何事の研究をなさる場合にも、その場所に行って、そこで世話をして下さる神々の指図をよく守り、熱心にそのやり方を会得《えとく》しようとお努めになったので、仕事を主宰している神々は喜んで須佐之男命の研究相手をなさっていました。

ところが、だんだん研究が進んできますと、須佐之男命はいままでの神々のやり方に満足できないで、新しいやり方を試してみようという気持ちになって、そうなると、須佐之男命は何の配慮《はいりょ》もしないで、自分の思うとおりになさいますので、主宰している神々との間に衝突が起こってくるようになりました。

そのような場合、須佐之男命は一歩も譲らずに、自分の考えを押し通されて研究を進めていかれるので、その仕事を主宰している神々は困ってしまわれる事態があちこちで起こりました。

これが、須佐之男命の次の段階の《かちさび》の実態ですが、ひとり須佐之男命だけに起こった《かちさび》ではなくて、高天原の神々の間でも起こった《かちさび》であります。

こうなっては、自らを信ずることの強い須佐之男命も、さすがに深い物思いに沈まれました。

「自分のしていることには、間違いはないはずである。それにもかかわらず、あちこちで苦情が出るのはどうしてだろうか。どうも高天原の神々たちは、自分が勝ち誇って乱暴でもしているように思っているのではないだろうか。

自分には決してそんなつもりはないが、形の上から見ると、そのように見做《みな》されても仕方がないようなことをしているのかもしれない。自分としては、こんなに一所懸命になって研究と修行をしているのに、周囲の神々は迷惑に感じているようである。このような気まずいことになるのは、一体どういうわけだろうか。何という寂《さび》しいことだろうか」

須佐之男命がこのような気持ちになったとき、須佐之男命との間に争いごとを起こした神々も、同じような気持ちになったことは言うまでもないと思います。お互いに正しいと信じることをやっていながら、一歩も譲ることができないのは、何という寂しいことでしょうか。

□屎を垂れる

さて、須佐之男命は、このような複雑な気持ちになりましても、少しも挫《くじ》けないで、修行と研究に打ち込まれました。その結果、必要と思われるものは全部済まされましたので、最後に、天照大御神のお仕事の中で、自分の受持ちと関わりのある研究をしようと思われ、天照大御神がお作りになっている田においでになって、見事に広がる田を眺めて、つくづく感じ入られました。

「お姉上がお作りになっている田は、何という見事なものであろうか。それにしても、天照大御神さえもこうして田を作っておいでになるのに、田を作ることの貴さがわからなかった自分は、何という大きな間違いをしておったのだろうか。

手を動かし、剣を動かして、現し国の生活に必要な、あらゆるものを作ることを受持ちにしていた自分が、田を作ることなど少しも考えずに、《なきいさち》をやっていたのだから、何という愚《おろ》か者だったことか。

しかし、今の自分は以前とは違って、自分の受持ちをはっきり自覚している。さあ、天照大御神の田の作り方をすっかり学び取ろう」

このようにお考えになって、熱心な研究と修行が始まりましたが、熱心に学ばれ、研究していかれ、一通りの修行が終わりますと、自分の意見が出てきました。

そこで、須佐之男命は、天照大御神がお作りになっていた田の畔《あぜ》を切り離してみたり、田に水を引くためのあちこちの溝《みぞ》を埋めてみたりなさいました。これは一例であって、その他にも、いろいろと自分の考えを試してみられました。

これを見た田の世話を仰《おお》せつかっている神さまは苦々《にがにが》しく思って、須佐之男命が勝手極まる乱暴をされるというので、他の神々と相談をしたり、天照大御神にも申し上げるということをなさいました。もちろん、このような出来事は田だけではなくて、畑でも山林でも起こったことは言うまでもありません。

つぎに須佐之男命は、天照大御神が新たに収穫された穀物《こくもつ》をお召し上がりになって、お祭りをなさいます御殿に出かけられ、そこで、収穫した穀物をどのように取り扱うべきかということの研究をなされることになりました。

そして、田畑を作ること（農業）が、万物に存在することの意義を与えている天之御中主神《あめのみなかぬしのかみ》の〈ひかり〉によるものであり、共に生きることを司《つかさど》る伊邪那岐神、伊邪那美神《いざなみのかみ》のお心を実現していくことであって、たいへん貴い仕事であることをお覚りになりました。

そしてまた、田畑を作って採り入れた穀物は、これらの神さまからの賜《たまわ》り物として、新穀《しんこく》ができたときには、こうしてお祭りするのがふさわしいこともお覚りになりました。

須佐之男命はこのようにして、高天原における天照大御神の穀物の取り扱い方を、だんだん学ばれていくうちに、こんどは自分の考えを試してみたくなって、大嘗《おおにえ》の御殿の係りの神々との間に意見の衝突を引き起こすことになりました。

天照大御神が新穀をお召し上がりになって、お祭りになるのですから、それを司る神さまが慎《つつし》み畏《かしこ》んでお仕事をなさっておったことは想像できるのですが、ご熱心に従事されるあまりに、つい喧《やかま》しいことを言ったり、いろいろと形式的なことをお守りになっていたことは容易に拝察できるのでして、これは係りの神さまとしては、当然の心掛けであります。

例えば、祭を行う御殿に入る者は、先《ま》ず身体を浄《きよ》めよとか、衣服を改め正せとか、御殿の中で咳《せき》をしてはいけないとかいうようなことも、喧しく注意したと思われます。これは当然のことですが、やり過ぎになると、かえってお祭りの趣旨に反することになりかねません。

須佐之男命は、その大嘗祭《だいじょうさい》の趣旨がわかってきますと、係りの神さまのやり方に対して、次のように意見をなさいました。

「天照大御神の大嘗祭のために、あなたが真心をこめて一所懸命にやっておられることは私にもよく分かり、その点では敬意を表します。しかし、大嘗祭は天照大御神が執《と》り行われるお祭りですが、姉上は全てのものの上に恵みの光りを輝かせておいでになる方ですから、いくらお祭りであっても、あまりに形式を喧しく言い過ぎては、かえってお祭りの趣旨に背くことになると思います。もう少しみんなが形式を守りやすいように改めてはどうでしょうか」
これに対して、係りの神さまは
「大嘗祭のことは、私が天照大御神から仰せつかっておりまして、あなたが横からとやかく言うことではありません。私はこの祭りの奉仕に身命を賭《か》けており、神聖な上にも神聖にしようと考えております。形式を緩やかにしたり、簡略化するなどはもってのほかです」
とお答えになりました。
そこで、須佐之男命が
「あなたは大嘗祭を司っておられるのですから、神聖にとり行おうと考えられるのは、ご自分の受持ちからして当然のことだろうと思います。しかし、大嘗祭というのは、天照大御神が実った穀物を神々に感謝しながら召し上がられるお祭りです。

けれども、その前にはお田植祭というものをなさいますし、食べた物を屎《くそ》として出すことも大事ですから便所祭というものもあってよいと思います。食べることが貴いように、屎《くそ》を垂れることも貴いのですから、あなたのように自分が司る食べる祭だけが貴いと考えて、他を無視されるのはよくないと思います」

このようにおっしゃると、係りの神さまは一歩も譲らずに

「田の仕事も、食べることも、屎《くそ》を垂れることも、みんなお祭りの対象にすべきだなどという、あなたの乱暴な意見には絶対に賛成できません。私は自分の考えどおりに、神聖に厳粛《げんしゅく》に大嘗祭を行うようにいたします」

とお答えになり、ここで鋭く意見が対立いたしました。

こうなると、須佐之男命としては、ご自分の考えどおりに試してみるほかなくなって

「田を作ることも、新穀をいただくことも、屎《くそ》として穀物の後始末をする

ことも、心構えが間違っていなければ、全く同じ貴い神業《かみわざ》だと自分は信じたい。そこで、いつ何時《なんとき》であろうと、子どもは屎《くそ》を垂れるではないか。よし、自分も赤ん坊になったつもりで、大嘗祭の御殿で屎《くそ》を垂れて、その結果がどうなるか、一つ試してみよう」

というわけで、須佐之男命は、天照大御神が大嘗祭をなさる御殿の中に屎《くそ》をお垂れになったのであります。

理由はともあれ、これは高天原にとって一大事に違いなくて、係りの神さまは他の神々とご相談の上、天照大御神にことの次第をご報告になりました。

あとがき

□《かちさび》の意味

先《ま》ず初めに《かちさび》という言葉の意味について考えてみます。

この《かちさび》という言葉は『古事記』の原文には〈勝佐備〉と書いてあって〝佐備〟という二文字は、わざわざ音をもって読むということがつけ加えてあって、簡単に考えると

「勝つために、思い上がって、乱暴なことをする」

ということになろうかと思います。

しかし、このような意味は、第一義の意味ではなくて、ずっと末の意味として出てくるのであって、ここでは第一義を明らかにしていきたいと思います。

先ず〈かち〉という言葉の根本義については、前回の正勝《まさかつ》吾勝《あかつ》勝速《かちはや》日《ひ》天《あめ》之《の》忍《おし》穂《ほ》耳命《みみのみこと》というご神名について反省するときに申し上げましたから、そこをご参照いただきたいと思いますが、一言付け加えますと〈かつ〉という言葉は

「ある事柄をあくまでもやり抜いていく」

という意味で、もっと根本的には

「神の〈むすび〉を実現していく」

という意味であります。

さらに、この第一義的な解釈から〈苦しみに耐える〉という意味の〈かつ（勝）〉も、〈ある困難に負けない〉という意味の〈かつ（克）〉も、〈相手に負けない〉という意味の〈かつ（勝）〉も生まれ出てくるのであります。

次に《かちさび》の〈さび〉についてですが『古事記』の原文には佐備という漢字が充ててあって、これを〈すさぶ〉ことであると解釈するのが

通例であります。

そこで〈すさぶ〉という言葉は、昔からどのような意味で使われてきたかを調べてみますと〈いよいよすすむ〉というのが元の意味で、これが第二義的に〈一方に進み過ぎて支障を生じる〉という意味になり、さらに第三義的に〈行き過ぎて衰《おとろ》えを生じる〉という意味になっております。

〈さび〉が、このような意味を持つ〈すさぶ〉〈すさむ〉〈すすむ〉と同じ意味の言葉であるならば、《かちさび》の〈さび〉も、第一義で解釈してよいと思います。

つまり《かちさび》ということは

「自己の受持ちを、神のむすびを実現する〈うけひもち〉と自覚して、それを実現するために、熱心に努め励んで進む」

ということであって、言い換えれば

「自己の本分を実現するために邁進《まいしん》する」

ということが《かちさび》の第一義だということであります。

□手弱女《たわやめ》を得つ

さて、次に
「我が心清き故《ゆえ》に、手弱女《たわやめ》を得つ。……我勝ちぬ」

と、原文において、須佐之男命がお示しになっているお諭《さと》しを味わってみたいと思います。

〈みこうみ〉によって、須佐之男命は自分の受持ちが、現し国において役立つ知識・技能の研究にあることが、いよいよはっきりお分かりになりました。言い換えれば、生太刀、生弓矢《いくゆみや》を作り出すことにあることがはっきりとしたのであります。

また、手弱女が自分の剣を〈たね〉としてお現われになったので、女性を貴ぶべきこともお分かりになり、その女性と共に家を作ることの貴さもお分かりになりました。さらに、女性には女性としての受持ちがあるために、手（生活技術としての知識、技能）の分野は弱くならざるを得ないということもお分かりになって、その女性の足らざるを補うことが、男性の役目の一つであることも理解されたのであります。

こうして、須佐之男命がいよいよ自己の受持ちの貴さをご自覚になったことをお示しになったのが

「我が心、清明《きよきあか》き故に、我が生めし子、手弱女を得つ、此によりて申さば自ら我勝ちぬといひて」

という言葉であって、ここまで心境が開けてきたことは、まことに嬉しいことだという心地で読ませていただくことができるのであります。

さらに、男性の立場から言えば〈手弱女を得つ、我勝ちぬ〉という須佐之男命のお言葉の中に、深く味わうべきお諭しがあると思います。

つまり、男性（ひこ）は女性（ひめ）の中から、女性が持つところの根本的な貴さを発見するとともに、女性は手弱いものであることも発見しなければならないと思うのであります。

また、その女性の手弱さを補い助けて、女性をして本来の使命を果たさせることが、男性の受持ちであることを自覚しなければならないと思います。

言い換えれば、ことごとくの男性は心を清明《あかる》くして、永遠の女性の姿を発見し、また、その中から女性の手弱さを発見することによって、男性の受持ちがいよいよはっきりするのであって、女性の手弱さだけを見て苛《いじ》める男性は、《まいのぼり》前の〈なきいさち〉をやっている男性であると言わなければなりません。

□現段階の破壊

次に、須佐之男命がお示しになっている《かちさび》のお諭しを味わってみたいと思います。

《うけひ》によって〈みこうみ〉をされた須佐之男命は、《みこのりわけ》によって、いよいよ自分の受持ちの貴さがお分かりになりました。

ところが、お父上の伊邪那岐命《いざなぎのみこと》が仰《おお》せ付けられた受持ちは、天照大御神が主として信仰のこと、愛のこと（生活の根本力）を司《つかさど》られるのに対して、須佐之男命が申し付けられた受持ちは、現し国のこと、生産と生活の分野だったのであります。

須佐之男命は、こういうご自分の受持ちの自覚から、高天原において熱心に修行をされご研究になって、ときには熱心さのあまりに、畔離《あぜはな》ち、溝《みぞ》埋《う》めというようなことをなさったのであります。

考えてみますと、人は穀物（食料）を摂《と》らなければ生きていかれないので、大昔からいつの世においても、農業が行われて、その技術の研究、改良が行われて、それを続けて行わなければならないことをお示しになっているのが畔離ち、溝埋めであります。

そして、学問、技術というものは、研究改良をするときには、現段階を見極めるとともに、その後には必ず現段階の破壊を伴いますが、これが畔離ち、溝埋めであって、現在行われている耕地整理一つを考えても、よく分かることであります。

ところが、そのような新しい動きに理解のない者から見れば、現段階を破壊することは〈思い上がった乱暴〉という意味に映るのでして、このような闘いを伴って起こる悲劇と喜劇は、人生においては絶対に避けられないことであります。

このように考えますと、学問、技術の変化や、これを総合する生活様式の変化は、一面では喜ばしいことですが、現在までの在りし姿を失うという点において、寂《さび》しさから逃れることはできないのでして、このような《かちさび》は人の世において、永遠に避けることはできません。

□宗教と科学の争い

次に〈屎《くそ》まり〉を中心に《かちさび》を味わってみましょう。

須佐之男命が《かちさび》の有り様をお示しになるのに、天照大御神が新穀をお召し上がるための大嘗祭の御殿に屎《くそ》をお垂れになったということの中から、どんなお諭しを味わうべきでありましょうか。

これは《まいのぼり》をして《うけひ》をなさっている須佐之男命が、単純にいたずらごとをなさったとは考えられないのでして、ここでは、さらにその先のことを申し上げたいと思います。

先ず第一に注意すべきことは、天照大御神が農業を重んぜられたこと、むしろ、農業をお楽しみになっていたことで、このことは「天照大御神の御榮田《つくだ》」という『古事記』の記述からもわかりますし、大嘗祭《だいじょうさい》をなさったということの中からもはっきりわかります。

つまり、働くことを貴ぶ〈みくにぶり〉をお示しになっているのであります。

それから、須佐之男命の上に起こった《かちさび》は、八百万神《やおよろずのかみ》の上にも起こった《かちさび》であって、八百万神が各々の受持ちを進めていくために生じる受持ちと受持ちの〈かちあい〉が《かちさび》になったのであります。

したがって、大嘗祭の神殿への屎《くそ》まりは、第一義の世界では一つですが、第二義の世界では、各々異なる主張を持つ宗教と科学の争いと見てよいと思います。

つまり、教理もしくは教団として現われた宗教の世界が、教理という言《こと》挙《あ》げと、教団の組織という形とに錆《さ》び付いたときには、それは一種の《かちさび》であって、これに対しては、宗教本来の立場からも批判を加える余地がありますし、まして科学の立場からは、なおさら抗議を提出する余地があります。

本来の第一義における宗教の姿は、概念化しないところ、形式化しないところにあって、須佐之男命が大嘗祭の御殿に屎《くそ》をお垂れになったということは、宗教の世界で言えば、この概念化と形式化から大嘗祭の本旨《ほんし》を救い出そうという者の行いと考えてよいと思います。

本旨が立派であるために、そのことが理屈になり、風俗習慣、あるいは、儀式《ぎしき》となりますと、こんどはその理屈と形式から脱却するために、非常手段が行われることになるのでして、これが大嘗祭の御殿での屎《くそ》まりの意味であると思います。

卑近《ひきん》な例を挙げますと、赤ん坊の糞《くそ》の匂《にお》いを楽しむ母親でなければ、一人前の母親ではありませんし、来客の接待も心安く用便ができる心配までいかなければ徹底いたしません。

蕪村《ぶそん》の句に

大徳の　くそひりおわす　枯野かな

というのがあります。

□天津罪《あまつつみ》

次に〈あまつつみ（天津罪）〉について考えてみます。

大祓《おおはらい》の祝詞《のりと》に

「畔放《あはなち》、溝埋《みぞうみ》、樋放《ひはなち》、頻蒔《しきまき》、串刺《くしざし》、生剥《いけはぎ》、逆剥《さかはぎ》、屎戸《くそへ》、許許太久《ここだく》の罪を天津罪と法《の》り別《わ》けて」

という言葉があります。

この天津罪というのは、須佐之男命が高天原においてお犯しになった罪ということになっておりますが、これはどんな罪かということについて、考えてみたいと思います。

須佐之男命は《まいのぼり》をなさって《うけひ》をなさったのですから、一度お受けになった〝ひ〟がなくなることはありません。にもかかわらず、どうして罪と考えられるようなことを犯されたのでしょうか。このことはすでにお話しましたが、非常に大事なところですから、もう一度、繰り返し考えてみたいと思います。

須佐之男命の受持ちは〈むすび（産霊、永遠の創造）〉の作用という点から言うと建速《たけはや》須佐之男命という名の示しているように〈むすび〉のうちの前進する方向を受持っておられるのであります。言い換えれば〈むすび〉そのものを〈にぎみたま（和御魂）〉として、元に止まる方向を〈くしみたま〈奇御魂〉としますと、先に進む〈さきみたま〈幸御魂〉〉の作用を受持っておいでになるのが須佐之男命であります。

そこで、先に進むためには、今あるものを破壊しなければなりません。この現状を破壊することは、現状を担当する者を傷つけるという、一種の罪を生ずることはやむを得ないのでして、好ましくないと知りながら犯さなくてはならない罪であります。

それからまた、自己の受持ちを守り、または実現しようとして、熱心に進む場合は、他の人の受持ちを無視する状態が起こるのでして、これも科学や技術の研究においては避けることはできなくて、好ましくないと知りながら、このような衝突はしなければなりません。

例えば、生剥《いけはぎ》というようなことは、須佐之男命がどんな事情のもとでなさったのかわかりませんが、いったん《うけひ》をなさった須佐之男命が悪戯《いたずら》に獣類の皮を生剥《いけはぎ》なさるはずはないのでして、じっと考えてみると、このような生剥《いけはぎ》は、実は今日の日本人が肉食のためにやっていることであります。

しかし、獣類も魚類も、みなそれぞれ天之御中主神の現われであり、伊邪那岐之神がお作りになったものであり、天照大御神の恵みの〈ひかり〉に生きることを楽しんでいるものですから、できることなら食べたくないのが、人心の〈まこと〉ですが、そのことを十分承知していながら食べておりまして、これも天津罪であると思います。

要するに、天津罪とは、決して好ましいことではないけれども、現在の段階では〈むすび〉の実現のために犯さなければならないと承知して、犯すところの罪であります。

例えば、西郷隆盛《さいごうたかもり》が十年戦争で官軍と戦ったことなどは天津罪であると思いますが、まもなく明治天皇からお許しが出ましたし、国民もそれを不思議とは思いませんでした。

西郷隆盛の心境としては、十年戦争を起こせば国賊《こくぞく》の汚名を着ることは承知しておったのですが、あの戦いをすることは、日本国の〈むすび〉としての維新完成のために絶対に必要だという信念のもとに、甘んじて国賊の汚名を着たのでして、ここに日本倫理学ともいうべき〈さび〉の心が存在すると思うのであります。

あるいは、日露戦争のとき、一人の有名な科学者が

「日露戦争を知らないで過ごした」

という話が伝わっておりますが、その科学者は〈ひのもとのくにたみ〉という心を持ちながら、自己の受持ちに忠実なあまりにそういうことになったとすれば、これも天津罪の一種であろうと思われます。

また、乃木希典《のぎまれすけ》大将夫婦の殉死《じゅんし》も、これを罪とするならば天津罪であって、天津罪であるゆえに、人々をして、その心を正させることになると思うのであります。

□ 国津罪

次に〈くにつつみ（国津罪）〉としての《かちさび》について、一言申し上げておきます。

国津罪とは《まいのぼり》をする前に、現し国において起こした罪、つまり《うけひ》をしていない状態の中で起こる罪であります。

この国津罪としての《かちさび》は、相手よりも自分が優れていると思い上がったために生ずる心の荒《すさ》んだ状態のことであって、相手に勝って他人より優れていると思うと、その思い上がりの高慢心《こうまんしん》から、物事の実相《じっそう》が見えなくなって、間違いをしでかすことになりがちです。

須佐之男命の《かちさび》のお諭しの中にも、国津罪としての《かちさび》を戒《いまし》めて下さった面があることは言うまでもなくて、むしろ凡人《ぼんじん》であるわれわれの実際生活の上からは、国津罪としての《かちさび》のお諭しのほうが、重大な意味を持っているかもしれないのであります。

改編に際して

いま、私の胸中を去来《きょらい》するのは、十年前の『阪神淡路大震災』直後のあの風景です。

激しい揺《ゆ》れで、半ば廃墟《はいきょ》と化し、寒風が吹き抜ける街を、リュックを背負った人々の群れが続いておりました。後に、百万人とも言われたボランティアの人たちです。

＊

被災三日目の夕刻、私たちのマンション（神戸市中央区雲井通）の側にやってきた老年の婦人は、大きなリュックに搗《つ》きたての小餅《こもち》をいっぱい入れて、呆然《ぼうぜん》と佇《たたず》んでいる私たちに

「皆さんで、分けて、食べて下さい」

と声をかけて下さった。

「有難うございます。どちらから来られたのですか」

「群馬県の田舎です。テレビで放映される神戸の惨状《さんじょう》を見て、嫁と二人で餅を搗いて持ってきました。そのとき嫁は〈お母さん、何かのお役に立たないと、後で悔《く》やんでも悔やみ切れないわ。私は幼児の世話で動けないから、お母さん、行って！〉と言いました」

「もうすぐに夜ですが、お泊りの当ては？」

「駅舎の片隅《かたすみ》で寝ます」

「それなら、私たちの避難所・小野柄《おのえ》小学校の教室で休んで下さい」

他にも、遠近の友人知人が、リュックにペットボトルの水を、タオルを、下着の類《たぐい》を、いっぱいに詰めて、交通機関がマヒした街路を徒歩でやってきて、精一杯の支え役に徹して下さいました。

私自身、あの震災に直面するまで、こんな人の心の温かさに出会うなど、想ってもいませんでした。

＊

そんな折《おり》、学生時代に恩師・阿部國治《くにはる》先生から習った『古事記』神話の巻に登場する大国主命《おおくにぬしのみこと》の段落の

――負袋為従者率往来（ふくろをせおいともびととなりていきき）

という一節が、暗闇を照らす一条《いちじょう》のひかりとなって、私の脳裏《のうり》をかすめました。そうです。『袋背負《ふくろしょい》いの心』です。私はこれの刊行によって、人々のあの篤《あつ》い心に応えたいと思いました。

幸い、阿部國治先生には『ふくろしおいのこころ』『まいのぼり』『しらにぎてあおにぎて』等の散文集があって、これの改編・出版を思い立ったのでして、それが《新釈古事記伝》です。

第一集『袋背負いの心』

第二集『盞結〈うきゆい〉』

第三集『少彦名〈すくなさま〉』
第四集『受け日〈うけひ〉』
第五集『勝佐備〈かちさび〉』
として形を現わしましたが、これで完結ではありません。
このあと、第六集、第七集……と続けなければならないのですが、一九二五（大正十四）年生まれで、すでに喜寿を超えた私の能力では、残念ながら、完結はおぼつきません。
恩師であり、著者である阿部國治先生は、一九六九（昭和四十四）年五月二十五日、七十二歳で他界されています。
さて、どうするか？

平成十六年十月

栗山　要
（阿部國治先生門下）

〈著者略歴〉

阿部國治（あべ・くにはる）

明治30年群馬県生まれ。第一高等学校を経て東京帝国大学法学部を首席で卒業後、同大学院へ進学。同大学の副手に就任。その後、東京帝国大学文学部印度哲学科を首席で卒業する。私立川村女学園教頭、満蒙開拓指導員養成所の教学部長を経て、私立川村短期大学教授、川村高等学校副校長となる。昭和44年死去。主な著書に『ふくろしよいのこころ』等がある。

〈編者略歴〉

栗山要（くりやま・かなめ）

大正14年兵庫県生まれ。昭和15年満蒙開拓青少年義勇軍に応募。各地の訓練所及び満蒙開拓指導員養成所を経て、20年召集令状を受け岡山連隊に入営。同年終戦で除隊。戦後は広島管区気象台産業気象研究所、兵庫県庁を経て、45年から日本講演会主筆。平成21年に退職。恩師・阿部國治の文献を編集し、『新釈古事記伝』（全7巻）を刊行。

新釈古事記伝 第5集
勝佐備〈かちさび〉

平成二十六年四月二十九日第一刷発行
令和四年十一月二十日第六刷発行

著者　阿部國治
編者　栗山　要
発行者　藤尾秀昭
発行所　致知出版社
〒150-0001 東京都渋谷区神宮前四の二十四の九
TEL（〇三）三七九六—二一一一
印刷・製本　中央精版印刷

ISBN978-4-8009-1034-9 C0095

ホームページ　http://www.chichi.co.jp

Eメール　books@chichi.co.jp

いつの時代にも、仕事にも人生にも真剣に取り組んでいる人はいる。
そういう人たちの心の糧になる雑誌を創ろう——
『致知』の創刊理念です。

私たちも推薦します

稲盛和夫氏　京セラ名誉会長
我が国に有力な経営誌は数々ありますが、その中でも人の心に焦点をあてた編集方針を貫いておられる『致知』は際だっています。

王 貞治氏　福岡ソフトバンクホークス取締役会長
『致知』は一貫して「人間とはかくあるべきだ」ということを説き諭してくれる。

鍵山秀三郎氏　イエローハット創業者
ひたすら美点凝視と真人発掘という高い志を貫いてきた『致知』に、心から声援を送ります。

北尾吉孝氏　SBIホールディングス代表取締役社長
我々は修養によって日々進化しなければならない。その修養の一番の助けになるのが『致知』である。

渡部昇一氏　上智大学名誉教授
修養によって自分を磨き、自分を高めることが尊いことだ、また大切なことなのだ、という立場を守り、その考え方を広めようとする『致知』に心からなる敬意を捧げます。

致知BOOKメルマガ（無料）　致知BOOKメルマガ　で　検索
あなたの人間力アップに役立つ新刊・話題書情報をお届けします。